タッド・ヒラタ

D/Hによる福音の書

愛のダイモーンの児《こ》を宿した男の体験記

文芸社

◆ contents ◆

1 無常を超える宝の鍵をあなたに

スポーツジムのインストラクターとして、私の眼には常に満点を超える働きぶりを示すあなたに接するたびに、私は、あなたの中で働いている天与の知恵を感じます。それがあなたを聡明で、美しく、正しく、そして優しい、無敵の女性にしているのだろうと理解しています。私は屡々《しばしば》そんなあなたに、そのような美徳の象徴として知られた、幾人かの名だたる女神たちの姿を重ね見ることさえあるのです。

私が持つ唯一つの知恵は、人を愛し慈しむことの中で働く知恵で、それが働くとき、あなた固有の知恵が十全に働くときにあなたが最強であるのと同様、私も誰にも負けません。

私にしか与えられないものがある、と私は敢えて申します。それはいったい、具体的に何であるのか、そして何故そのように断言できるのか、ということについては、あなたに書き送るこの書において、これから追々明らかにしてまいります。今はただ、私はそれを、切にあなたに分かち与えたいと思っているのです、とだけ申しておきます。

この書は、わが渾身の「作品」であると同時に、「作品」という枠組みを借りて現実のあなたに送る、熱い現実のメッセージでもあります。どうか、一日のうち少しでもゆっくりできる時間を気長に繋ぎながら、これを読んでほしい。

そうしたらこの書はきっと、時にあなたを護り、時に癒し、時に励まし、時にまた得難い知恵の種を与えてくれるはずです。


さて、少なくとも現代の日本の社会では、神仏など実際には存在しない、と内心思っている人のほうが、神仏の存在を信じている人よりもずっと多いのではないでしょうか。けれども私は今から三十一年前、三十五歳のときに、人々が「神」とか「仏」と呼ぶ何者かが本当に存在していることを、身を以て知りました。

私が持つ〈人を愛することの中で働く知恵〉は、この存在に由来します。そして、〈神に由来する知恵〉とは、言い換えれば即ち〈真理〉です。そして〈真理〉は、そのもの自体が、神による創造の意志の働きとしての、最強のエネルギーを持っています。そのエネルギーのことを〈生命〉というのですが、〈愛〉というものも、これと別のものではありません。〈愛〉とは〈生命〉の一つの様態であり、その実質は〈真理〉が放射するエネルギーの一種なのです。

そのようなものとしての〈愛〉が、三十五歳のときの私に、ある根本的な変容をもたらしたのでした。私が囚われていた迷妄の牢獄を焼き払い、しかも今日まで、道を示し続けてきてくれたのでした。

☆

そのダイモーン《神》は、一九八四年一月十七日の冬の朝、よく晴れた空から突然、この何の取り柄もない凡夫めがけて降りてきたのでした。そして、あなたの職場がある久留米の隣町鳥栖の片隅にかつて在った、ある小さな職場で事務の仕事をしていた私の深部に、〈火〉を、その後悪条件下でも何十年も燃え続けるような奇蹟の〈火〉を投じ、また空へと帰っていったのでした。

それは桁違いに強力なエネルギーを持つ、燃え盛る〈愛〉であり、私は何も分からないまま、それにより一瞬にして、驚くべきことにそのダイモーンの児を受胎したのです。この出来事は私にとって、世界と、そして私という人間自身とが存在していることの意味を、根本から一変させるものでした。

わが奇蹟と受難の物語の、これが始まりでした。

神に授かった胎児は、相当な逆境の中でも死なず、私の中で育っていきました。そして神のもう一つの贈り物である〈火〉も、一部分はこのダイモーンの児の血肉となり、残りの大部分は〈愛〉として外部に放射されて、勢いはすっかり衰えたものの、今も私の中で燃え続けています。

私に来たダイモーンは、いわゆる「守護霊」というものなのだろうか？　仮にそうだとしても、それは守護される人の何代か前の先祖等である普通の「守護霊」に比べ、宇宙における生命の根源そのものではなくとも、そこまでの距離が限りなく近い存在だと思われます。

大乗仏教でいう「如来」という概念ならば、私が実地に知ったこのダイモーンの性格を言い表す言葉として、ほとんど矛盾がないように思われます。彼が私に投じた〈火〉の蔵《ぞう》するエネルギーの凄まじさから、彼自身が全体として持つエネルギーの巨大さが推し量られるのです。

私はあなたに、私独自の方法で、極めて得難い、ある特別な幸せを与えたいと思っています。それは、結婚によって得られる最高の幸せ、最大の果実に勝るとも劣らない、無常の運命を超えて、永遠の世界の扉を開ける宝の鍵を手に入れる幸せです。

そうするために、さしあたって私が用いうる手段は、言葉しかありません。だから、つまりこうして自分の考えを、想いを、自分の過去の体験を語ること自体、あなたに〈宝の鍵〉を贈る行為の一部なのです。

☆

〈永遠の世界の扉を開ける宝の鍵〉を贈るなどという言葉が、決して大法螺《おおぼら》ではない根拠を、私は示さねばなりますまい。

先ず、ダイモーンはこの無常の現世に属する存在ではなく、彼は不死です。だからダイモーンによる児も、その不死性を受け継いでいるはずです。そうだとすると、では、ダイモーンの児から摂取したエネルギーによって自らの存在（即ち魂）を形成する人は、どうなるのでしょう？

その人もまた、不死性を得るはずです。神と、神の子イエスと、その弟子たちとの関係がまさにこうでした。

私は自分の中のダイモーンの児を、ギリシャ神話に登場するある二人の神の役割と個性、また登場神話の内容等に因《ちな》み、成長初期の頃はZ（Zagreus）、その後はD（Dionysos）と呼んできました。私はそのDの不死性を、あなたと分かち合えたらと願うのです。

ダイモーンが飛来した目的について、考えてみます。

私の考えでは、人間の魂とは一種の〈卵細胞〉で、神の〈精細胞〉と合体するという条件さえ整えば、その〈受精卵〉は将来神の子の心身を形成していくでしょう。三十一年前に始まって今日にまで及ぶ、己れの極めて稀なる一連の体験を踏まえ、その重大体験の意味を真剣かつ執拗に追究した結果、私はそのように理解するのです。

なお、魂に男女の別はなく、肉体的な男女いずれの魂も〈卵細胞〉です。

〈受精〉（即ち神の〈火〉の受容）がなければ、神の子が独立した生命体として〈発生〉

することはありません。その場合、魂は肉体の崩壊に伴い、独立した存在としては消滅してしまいます。

私に来たダイモーンは、端的に言えば、この地球上において繁殖活動を行うために飛来したのではなかっただろうか？　彼は愛の神であり、愛の原理によって成り立つ世界を建設すべく未来永劫働き続けるような、誇れる自分の子孫を地上に創造するために、天から降りてきたのではないでしょうか。


この地上で、H（Hirata）と呼ばれるこの身体を〈乗り物〉として三十一年間生き続けているDとは、一つの言い表し方をすれば、ダイモーンの〈火〉を受けて新しく生まれ変わった私自身に他ならない、と言うことができます。この身体Hがダイモーンの児の〈乗り物〉として使い物になるかぎり、私は地上における己れの使命を果たし続けます。〈使命〉とは神命〈汝愛せよ〉を、場合によっては命に代えてでも実践し抜くことです。

そしてできることならば、そもそも愛のダイモーンに発するDの愛を、一点に集中して全力で注いだときに何が起こるのか、愛のダイモーンが支援する徹底的な愛の、その果実がいかなるものであるのか、それを見届けてからこの世を去れたらと願います。

Dの愛を注ぐその一点が、もしも神の定めるところ、あるいは導くところによってあなたであるのだとしたら、私には何の不足もありません。それどころか、私は最高の歓喜と共に、その定め、ないし導きを受け入れます。

☆

強い向上心を胸に秘めつつ、健康や得意のパフォーマンスの維持・向上を求める多数の心に寄り添い、時に背中を押し、時に鮮やかな手本を示す日々の勤労に、惜しみない情熱を傾注するあなたの生き様は、清々しく、美しい。私は、そんなあなたの心の糧となることで、あなたを支援したいと思うのです。

あなたは私の、おそらく平均的な考え方からは相当隔たっているであろう思想を、全く恐れません。そんな思想の紡ぎ手である私を、決して恐れません。恐れるどころかむしろ、そんな私と私の思想とを自分の向上の役に立てようと考えることができる人なのです。

凡庸な器は、持ち合わせの尺度では計れない相手のことを徒《いたずら》に恐れ、わけも分からずただ否定しようとします。だからそんな小人は肝心要《かんじんかなめ》の、魂の覚醒を取り逃がすのです。あなたの勇敢さ、度量の大きさに、私は驚きを禁じえません。と同時に、そんなあなたに巡り合えたことを涙が出るほど嬉しく、有難く思っています。

Dから湧き出るダイモーン由来の生命を、汲めども尽きない生命を、私はあなたに分かち与えたい。その手段が言葉である場合には、一つ一つの言葉がDの生命です。

そしてそれには不思議な、奇蹟の〈火〉が込められています。あなたに贈る言葉にはダイモーン発の、即ち異次元の知恵とエネルギーから成る、永遠に燃え続ける〈愛の火〉が、ほんのわずかずつでも込められているはずです。

だから私が、言葉に託して己れの素直な想いをあなたに届けるとき、その愛は、その働きの正しさと強さにおいて、地上に属する他の何人《なんぴと》があなたを想う愛にも負けません。

魂に関する考察を、もう少し補足しておきます。この書で最も重要なテーマの一つなのです。

神（ないし神の子）の身体は、無論普通の物質では出来ていません。したがって、必要な条件さえ充たされれば成長して神となる魂の身体性についても、同断です。それは、〈魂体〉とでもいうべきもので出来ている、と申しておきましょう（ただし、魂は「粒子」的なイメージのみでは捉えられないのではないかと思います。「波動」としてのイメージでも捉える必要があるのだろうと思います）。

さて、神によって〈受精〉しなかった魂は、〈肉体の崩壊に伴い、独立の存在としては消滅する〉と私は言いました。

魂はそもそも神に由来する存在であり、最終的には全て、神の懐へと還ります。ただし、還りゆく魂は、自我という〈仮の主人〉の拘束下にはありません。即ち、〈私〉というものはそこに存在していません。それは肉体の死以前に、既に死んでいるのです。だけどそのとき、その時点で〈受精〉を果たしている魂だけは例外です。それはどんなに小さくとも、既に神の子になったのです。無常の運命にある自我の〈仮の〉支配を脱し、〈真の〉自分自身として、自分の唯一不変の主人となったのです。即ちそれは〈真我《しんが》〉になったのです。〈真我〉こそ人の真正の、永遠不滅の主人です。

しかし、肉体の存命中に神の〈精細胞〉を受精できなかった魂は、先ず一定期間かけて、おそらくは強制的に、染みついた自我の痕跡をすっかり洗い落とされるでしょう。そして元の真っ新《まさら》な〈卵細胞〉に戻ったところで、神の懐へと抱き取られてゆくのではないでしょうか。

様々な宗教の言う「地獄」とは、洗い落とされてゆく自我の痕跡が、尚も味わわねばならない最後の苦しみを暗示しているのではないでしょうか。そして「成仏する」とか「昇天する」とは、真っ新になった魂が神の懐に抱き取られてゆく過程を意味しているのではないでしょうか。

臨終に際し、「阿弥陀如来」という偉大なダイモーンが、魂を終《つい》の破滅から救い導くために来迎する、と説く仏教思想もあります。〈終の破滅〉とは、個々人の肉体的生死にかかわらず、太古の昔から延々と流れ止まない苦悩と悲嘆の川の流れに、いつまでも自我の支配を脱しえない魂が遂に沈没してしまうことです。

☆

今や私は安心して、言葉に込めた愛を、Dの生命を、あなたに贈ることができます。あなたという柔軟で強靭な、稀有《けう》の器に対する全幅の信頼があるからです。

私はあなたを誘います。臨終を俟《ま》たない、この世に生きながらの魂の救済へと。即ち、Dの生命を摂取することによっておそらく可能な、〈真我〉の確立へと。

Dを懐胎して以来三十一年、私はずっと無意識の裡《うち》に、その永遠の伴侶となるべきたった一人の人を探し求め続けてきたのかもしれません。そのたった一人の人がもしあなたであったとしたら、私はどんなに幸せなことだろう！

Dの贈る〈愛の火〉を、ある程度の総量に達するまで継続的に受け入れた人には、一つ確実に起こることがあります。その人の心の深層に蓄積し、凝結している様々な精神的疲労、精神的外傷などが、〈火〉による熱で昇華した後体外に放出されて、その人は深く癒されるのです。これは、ダイモーンの児を擁したこの特別な身体のみが、三十一年に亘って観察することをえた、不思議だけれど素敵な事実です。

では、ある人に対してDの〈火〉が、何らの妨げを受けず、とことん受け入れられ、もうそれ以上は無用だというところまで浸透していった場合、果たしてどんな奇蹟が起こるのでしょうか？　私はあなたにおいて、その奇蹟の出来事のなるべく詳細に至るまで、見極められないものかと願うのです。

〈真我〉の確立さえ成れば、人はもう根本的な迷いに陥ることはありません。偉大なる「阿弥陀如来」による今際《いまわ》の際の救済を俟つことなく、その人は既に、〈苦悩と悲嘆の川の流れ〉に沈むことのない舟を手に入れたのです。

それゆえ、何を措いても先ず、魂に〈真我〉を懐胎させることが肝要です。私に来たダイモーンが私に対して一瞬にして為しえたのと同じことを、時間さえ与えられるならばその児Dも、その生命を言葉という手段を使ってあなたに浸透させることにより、あなたに対してできないものだろうか？

わがダイモーンが地上に降下してきた目的については、〈愛の原理に基づく地上世界を建設するために働く子孫を拵《こしら》えるため〉であろう、と私は既に述べました。

けれども神は何故、この私をめがけて白羽の矢を放ったのでしょう？　いかにしてこの欠点だらけの凡夫のことを知り、しかもどんな意図があって、自分の大事な子孫を託するパートナーとしてこんな私を選んだのでしょう？　神の採る規準は実のところ人間には分からない、と言うほかありません。

それでも敢えて神の思いを推測してみるならば、一つだけ言えることがあります。人の魂が〈仮の主人〉に過ぎない自我の完全な支配下にあるかぎり、その魂の存在していることは何ら神の関心を惹かず、したがって、彼がそこに到来することもありえません。

自我は、生き延びることに常に必死であり、それゆえしぶとい。その自我が、何らか不測の重大事態に見舞われて、お手上げとなり、いわば仮死状態に陥ることが、神の到来を招くための一つの必要条件なのではないでしょうか。おそらくそのとき初めて、人の魂が救いを求める叫び声が、神の心に届くのだと思います。

2 「言い触らす」偽善者たちの間《はざま》で

ギリシャ神話に登場するディオニュソス（Dionysos）は祭りの興奮をもたらす神であり、祭りから発祥した演劇、舞踊、音楽等の芸術の神であり、また「バッコス（Bakchos）」の異名をもつ〈酒〉の、特に葡萄酒の神としてよく知られています。その性格の際立った特徴は、一貫して彼が人間の根源的生命力の表出を援《たす》ける神であることです。

特に彼は、女性たちの心を一切の抑圧や束縛から解放し、それを癒し、生命の躍動へと導くように働く神として、おそらく何百年にも亘り、古代ギリシャ・ローマ世界における多くの女性たちの熱狂的な支持・信仰の対象となっていました。

私が、授かった愛のダイモーンの児をＤ（Dionysos）と命名した理由の少なくとも半分は、神話のディオニュソスのこうした性質によります。

ところで、そんなディオニュソスは独身の青年神として表されることが多いのですが、ある英雄譚《たん》中に含まれるエピソードによれば、彼は人間の身の美しい女性に恋をし、彼女と結婚します。アリアドネー（Ariadne）というその女性を天上の神々の世界へと連れていき、不死性を与えたうえで永遠の伴侶とするのです。

エーゲ海の島国クレーテーの王女アリアドネーは、「聖らかな輝きに満ちた」女性でした。その頃クレーテーの勢力は強大で、王ミーノースは自分を怒らせたギリシャ本土のアテーナイに対して、毎年青年七人と乙女七人とを、牛人ミーノータウロスに与える犠牲として差し出す義務を課していました。ミーノータウロスとは、王妃の不倫の結果として生まれた異形の息子で、王によってラビュリントス（迷宮）に幽閉されている怪物でした。

ところがある年、武勇に勝れたアテーナイの王子テーセウスが、犠牲となる七人の青年の中に敢えて交じってクレーテーへと乗り込んできたとき、彼に心を惹かれたアリアドネーは、肉親を裏切ってその味方をしてしまいます。丸腰だったテーセウスに、怪物とはいえ父親違いの兄弟であるミーノータウロスを倒すための剣を与え、目的達成後の迷宮からの帰還が可能なように、「麻糸」を提供したのでした。

肉親殺しに加担する罪を犯してまで、想う人の心に沿おうとしたアリアドネーでしたが、その人と共にクレーテーを脱出し、途中ナクソス島に立ち寄った折、あろうことかその人テーセウスは、疲れて眠りこけている彼女を島に置き去りにしてしまったのでした。

絶望に打ちのめされ、悲嘆に暮れているアリアドネーの許を、ディオニュソスが訪れます。そして彼女の深い心の傷を癒したうえで、彼女を自分の妻としたと伝えられています。

あるいは別伝によれば、ディオニュソスはテーセウスがまだナクソス島に滞在しているうちにアリアドネーに恋心を抱き、別の島に攫《さら》っていったともいいます。また、ディオニュソスがテーセウスにアリアドネーを譲るよう迫り、テーセウスが承知した、とも。

いずれにしてもディオニュソスとアリアドネーには、神話のうえで実はもっと古くて深い縁もあって、二人は出会ったならば結ばれるようになっているのです。

二人は車に乗って共々に、空へと駆け上っていったそうです。またディオニュソスは二人の結婚の記念として、九つの宝石が鏤《ちりば》められた、アリアドネーに捧げる黄金の冠を空に掛けました。それが「冠座《かんむりざ》」の九つの星になった、と星座神話は伝えています。

私は、人前で何らかのパフォーマンスを演じなければならない立場に置かれると、いい年をしていながら、必ずと言っていいほど人の視線を過剰に意識してしまい、満足に演じ切ることができません。ところがあなたを見ていると、私とは逆に、まるで水を得た魚のごとく、人前に立つことが楽しくて仕方がない様子です。おそらく、心身の乖離《かいり》などという状態とは全く無縁のあなたは、このお粗末な身体の持ち主とはそもそも持って生まれた天分が違うのだろうと思わざるをえません。

（あなたにも、「失敗してはいけない、ちゃんとやらなければ」などという意識が心をよぎることがあるのだろうか？）

足早に、またゆっくりと歩き、立ち止まり、しばし佇むあなたの姿は、凛とした清潔感に輝いていて、美しい。笑顔を見せてお辞儀をし、人の話に耳を傾け、相槌を打ち、すかさず適宜な応答の言葉を発するあなた……そんなあなたのパフォーマンスの全てが、とても優美で愛らしい。私はあなたの後ろ姿を一瞥するだけでも感動を覚え、しばし幸せな気分に浸ることができます。

私は自分独りの心の中で勝手に、私にとっては眩しくてかなわないあなたの中で、天与の知恵として働いているに違いないと思う神的存在の名を、「アテーナー」あるいは「アルテミス」と呼んできました。だけどここでもう一つ、あなたという人間存在そのものに贈りたい渾名《あだな》があります。それは言うまでもなく、「アリアドネー」という名前です。そしてその理由は勿論、神話上のディオニュソスとアリアドネーとの間に、必ず最終的には結ばれる縁があるからです。

☆

団体Sは、私が二十六歳の秋に、小学校から高校まで学校が同じだった友人Mに勧められて就職した職場でした。東京での学生生活を終え、一旦はそこで職に就いたものの、一人息子でもあり、実家における複雑な事情もあって、私は故郷の鳥栖に帰ってきていました。しかし、なかなかピタッとくる職にはありつけないでいたので、Mの勧誘を私は歓迎し、彼に感謝の念を抱いたものでした。

Mは高校時代から共産主義思想に共鳴し、大学のときには共産党に入党していました。団体Sの事務局の初代のトップRも古い共産党員で、実はM自身が団体Sへの就職を誘われていたのだったけれども、自分は断り、代わりに私を紹介したのだということを、私はずっと後になって知りました。

団体Sは鳥栖市を中心に北隣の基山町、西隣のみやき町に及ぶ地域の中小商工業者たちによって、相互扶助を目的に設立された協同組合で、職員として私が在籍していた時代には、常時二百数十の企業によって構成されていました。

　実際は、団体に所属する企業同士の直接的な「相互扶助」とは、個々が金融機関から事業資金の融資を受ける際に、所属企業が共同で連帯保証人になることぐらいでした。事業規模に応じた「組合費」を支払って団体に所属していることの最大の意義は、事務局が担当する種々の事務サービスの提供を受けられることでした。公的機関等からの借入れや、公的保険に関係する事務手続き、なかでも会計書類や税務書類の代行作成、必要帳簿の記帳指導、税務アドバイス等が、我々が担当して団体成員に提供した主なサービスでした。また、帳簿の作成に関与した者としての立場で、自分の担当企業が税務調査を受ける際には立ち会うことも屡々《しばしば》でした。幾許《いくばく》かのお金を支払って団体Sが雇っている顧問税理士はいたけれど、彼は年に一度程度しか事務局に顔を見せることはありませんでした。

　八二年春にはRは事務局を退職して団体Sの名誉顧問となり、その時点から三年間、事務局は私を含め同じ六人の常勤職員で構成されていました。二代目のトップがやはり共産党員の「参事」J、ナンバー2が「会計主任」のEで、彼らはいずれも私より十歳以上は年長でした。あとは平職員で、いずれも私より年長だった女性二人のうち、F女史は職場において私より先輩、K夫人は最も遅く採用されたスタッフでした。もう一人の職員G

は、私より二年遅れて採用されたスタッフで、年齢も二つ年下でした。そして彼もまた共産党員でした。

六人の職員のうち、男性四人が各企業に対する事務サービスを直接担当しており、女性二人は、主として参事と会計主任の仕事を補佐していました。また、毎年の年明けから三月半ばまでの最も仕事が忙しい時期には、最低限度算盤ができて簿記の基礎知識があるパートタイマーが一人、臨時に雇用されました。

☆

初代トップのRは協同組合Sの設立以前から、結核治療の療養所仲間を集めて、設立後の事務局が行う事務サービスを業としてやっていたといいます。元々は赤の他人以上の関係にはなかった何十もの企業同士を、ささやかな協力をし合うことで得られる大きな共通の利益を悟らせることによって結びつけ、協同組合の結成をリードしていったのは彼の慧《けい》眼《がん》だった、と私は今でも思っています。だけど彼は、自分が生きていくために少々したたか過ぎた。はっきり言えば悪辣ですらあった。

彼は団体Sから職員としての労働報酬を得ながら、その団体を、共産党員としての己れの活動の足場として狡猾に、思う存分利用しました。人の好い企業主たちを口説き落として、党の機関紙を購読してもらったり、党関連の組織による様々なイベントに出席してもらったり、市会議員から国会議員までの議員や地方自治体の首長を選ぶ選挙において、共産党が公認ないし推薦・支持する候補に投票してもらったり。更には、彼自らが市会議員選挙に四度立候補し、団体S関係の票のおかげで三度の当選を果たさせてもらったのでした。

八二年は、当時三期目の市会議員であったRが事務局を退職し、同時にトップの交代があった他にも、事務局に様々な変動が重なった年でした。

団体成員の特別出資によって団体Sが自前の土地を購入、秋には鉄骨造り二階建ての事務所兼貸店舗が完成し、事務局が意気揚々と立派な新事務所に引っ越しを果たしました。また、この年に初めて導入された会計専用オフコンにより、事務局の事務処理方法・事務処理能力がここから劇的に変化し、向上していった年でもありました。

けれどもやはり、最も重要な変化は、Rが事務局からいなくなって、会計主任に納まったEと職務経験上は同格のJがトップになった結果、事務局内部の全体としてのパワー・

バランスが大きく変わったことでした。しかし、その変化が具体的にどのような内容であったかを述べるのは後回しにして、その前にもう少し、述べておかねばならないことがあります。

Rはおそらく、三人目の党員スタッフGを採用したとき、将来三代目の事務局トップも共産党員にしようという構想を抱いていたのでしょう。

とにかく共産党との縁が濃厚な職場で、団体Sとは何の関係もない共産党関係者がしょっちゅう事務所に出入りしていました。そして実は私も、RやJを含めた複数の党員たちから、何度か入党を勧められたことがありました。しかし私は、彼らの信奉する思想にある程度は賛成できたし、敬意も抱いていたけれども、第一には心底からはそれを信じ切れていなかったので、彼らの誘いに応じるわけにはいきませんでした。機関紙の購読や党員候補への投票依頼等には、職業上の付き合いだと思って応じていたのですが。

入党の勧めを断わったもう一つの理由として、共産主義思想そのものに対する賛否とは別に、私は少なくとも職業上関わった何人かの共産党員の生き様に、自分の信じる思想に対する誠実さ、土壇場に置かれたときの人間としての最低限度の誇りないし清潔さ、といったものを見ることができなかったということがあります。

「経済の仕組みの中で、労働者が資本家に生命の力を一方的に搾取され、人間性すら不当に奪われてしまっていることが、近代資本主義社会の根本的な矛盾であり、大多数の人々にとっての不幸の根源である。それゆえその仕組みを作り変えなければならない」というのが、彼らの信奉した思想の要諦ではないでしょうか。

しかし、もしかすると彼らにとっては、信奉する共産主義思想よりも、「共産党員であること」のほうが大切だったのかもしれません。私にはつくづく、自分の理解するかぎりでの共産主義思想と、彼らの日頃の行いないし在り方との間には、ずいぶん隔たりがあるように感じられました。

もっとはっきり言います。私は団体Sの職員として働いた十一年間の、特に最後の三年余りの体験から知りました。資本家ばかりが搾取階級なのではなく、大方の党員たちの確信するところとは反対に、共産党という組織もまた搾取機構なのだということを。それも専ら、既に搾取されて痩せ細っている弱者から、助けるふりをして近づいては更に搾り取るという、相当性質の悪い搾取者なのだということを。

全党員中に十人に一人でも、たとえ百人に一人でも、党員であることを利用して明確な搾取や不正義を行う者がいて、それを党が見て見ぬふりをしていたとすれば、そのとき党自身が搾取者であり、不正義の集団なのではないでしょうか。

☆

これはたった一人の読者であるあなたに向けて、ダイモーンの児Dの〈愛〉が真実であることを証明するために、この身体Hがありったけの力を注いで書き送る〈福音の書〉です。神の子イエスの受難と奇蹟の物語を骨格とするそれは、最もよく知られているだけでも四人の、才能優れたイエスの帰依者たちによって書かれました。しかしDのことを伝える物語は、その乗り物であるこの身体Hが書くほかありません。

私は世界で最初の、そして少なくとも現時点で唯一の、わが書の読者であるあなたに心から感謝し、徹底的にあなたを大切にしなければなりません。もしもあなたを失ったとしたら、今生で再びわが書の最初の読者を見つけ出せるかどうか、分からないのですから。

団体Sに所属する企業の企業主たちの大部分は、決して共産党そのものを支持してなどいませんでした。それでも、事務局を運営するトップが共産党員であり、他にも複数の党員スタッフがいるということに関しては、多くの企業主たちがそのことを歓迎する気持ちを持っていた。何故ならば、企業主たちは怖くてたまらない税の徴収機関との関わりにおいて、もしも権力の横暴、ないしそれを笠に着る者の理不尽な振る舞い等に直面する羽目に陥った場合には、党員スタッフがその思想信条に照らし合わせて、事によっては共産党組織をバックにして、心強い味方になってくれるだろうという幻想を抱いていたからです。

そもそも団体Sは、企業主たちのそのような幻想を事務局が上手く利用することによって、初めて成立しえていたのかもしれません。しかしそのような幻想がまた、団体Sの内部独特の、搾取の構造を成立可能にしていたのです。

事務局は毎年一回、団体Sとの間で職員給与のベース・アップ交渉を行いました。先ず、全職員が同意できるアップ案を事務局トップが取りまとめ、それを直接的には団体の理事会に提出して交渉するのです。

ここで承認されれば、その後の団体総会で覆されることはもうありませんでした。その過程で、初代トップのRはたいてい昇給額を抑制するように動いたものでした。少なくとも理事会に対して、自分は独りそのように努力しているというポーズを取ったのでした。それは彼が、後々相応の見返りを得るために、企業主たちに対して自分の顔を売っておきたかったからに違いありません。弱小な企業のために自分の報酬に頓着することなく貢献する「無私の人」「正義の人」としての顔を。

非共産党員スタッフが待遇に関する不満を彼に訴えると、彼は「分かった」と言ってその要望を預かり、理事たちに誰々がこう言っているという形で、他人事として報告するだけでよかった。理事たちは彼の立場を思い遣ってくれたうえ、ベース・アップが実行される際には、彼の分の給料も他のスタッフと同じ割合でアップされたものでした。彼の実務の力量はお粗末なものでしたから、そのことは取りも直さず、他のスタッフの負う荷がその分増えるということを意味したにもかかわらず。

それだけではありません。「無私の人」「正義の人」という団体内部の評判を時間をかけて勝ち取ったことにより、彼は念願だった市会議員になることができ、共産党公認候補として三度もの当選を果たすことができたのでした。落選したとはいえ、市長選挙にすら立候補した経歴を、彼は誇っていました。

共産党の組織にとってもまた、党そのものの支持票だけではなかなか選挙に勝ち難かったはずですから、Rのように自前の支持基盤を持つ党員は重宝だったに違いありません。

団体に対して、共産党員という肩書を一種の権威として利用する一方で、そのことによって団体及び一般職員から掠め取ったものの一部を党に献じることにより、共産党内部での己れの存在価値を高めていく……そうした独特のピンハネの構造を、そもそもは「生きていくために」ではあったのでしょうが、Rは巧みに作り上げ、ある意味、貴族的ですらある身分を長期享受したのでした。

☆

思いもよらず、愛のダイモーンの奇蹟の愛を受け、この身体はこの世に属さぬ者の児Dを宿しました。別の言い方をすれば、Dとは即ちわが魂が神の〈火〉を得て進化した〈真我〉なのですから、私は身体Hを乗り物とする（ダイモーンの児）Dとして新しく生まれ変わったわけです。

いずれにしてもその後の私にとって、生きるということは文字通り道なき道を歩み続けることに他なりませんでした。Dという特別な存在の本質からして、そうならざるをえないのです。

何故ならばDは、己れとこの地上世界とを橋渡しする手段としての〈言葉〉を、先天的には与えられずにここに来たからです。即ち、Dにとってこの地上は全くの未知の世界であったからです。

しかし、この〈福音の書〉に心動かされて〈愛の使徒〉となるその人は、私が遭遇したような困難に遭うことなく、めったに手の届くものではない幸いを得られるのです。ダイモーンの児Dの、三十余年に及ぶ地上体験を先導として、〈愛〉が傷つき流す血に飢えたこの苛酷な地上を、敗北と無縁に勇往邁進してゆけるのです。


たった六、七名の団体S職員の中で、R以外の党員スタッフもやはり、一般のスタッフに比べて様々の特別な恩恵を受けていました。

第一に彼らは、会計事務等に関する実務能力においてそれほど優れていなかったとしても、あるいは一般スタッフに比べ大分劣っていたとしても、団体S職員として間違いなくエリートであり、将来必ず事務局のトップになることを期待され、約束されていました。

第二に彼らは、特に実績を積んだりしなくても最初から、団体所属企業主たちによって

「無私の人」「正義の人」としての先入観を持たれており、無条件に尊敬の念を抱かれていました。

第三に彼らは、自らが党員として行うところは全て最終的に人々の真の幸せのためである、たとえ当面どう受け止められようと、自分は人々のために善を行っているのである、という自己満足を感じ続けていることができました。更に、自分は共産主義という素晴らしい理念に無知な大多数を啓蒙して、理想の未来社会の建設をリードしていく「前衛」である、というエリート意識すら持ち続けていることができました。彼らが現実に行うところも、そして対社会的行動の真の動機も、人々にとっての「善」や、己れの奉ずる「理念」に対する誠実さや、万人が現実の彼方に思い描くであろう「理想社会」の追求等とはかけ離れたものだったにもかかわらず……。

党員スタッフたちは、党の機関紙の配達や購読料の集金、購読の勧誘等のために、団体成員の間を頻繁に動き回っていました。そして雑多な情報を収集し、逆にまた、他の団体成員や我々職員に関する様々な情報を広く団体成員間に触れ回っていました。だから彼らはいつでも、党員としての自分の利益のために、あるいは極めて低劣な私的欲望のためにも、都合のよい情報を好き放題流し回れる立場にありました。その気になれば、手にしている情報を操作して、ガセだと分かっているものを敢えて積極的に流し回ることもできた。更には、聞き手の隙を突いて完全自作のデッチアゲを間に挟み込み、後日その人が疑問を感じたときにはもう取り返しがつかない事態になっている、というところまで信じ込ませてしまうことさえできた。

ですから、団体Sに関係して少しでも公的意味合いを持つ場面で、もし我々一般職員が彼らと敵対することになった場合、それぞれが何を主張しているのかということに関係なく、間違いなく彼らが「善玉」で、我々が「悪玉」と見なされたのでした。彼らの言はおよそ無条件に信用され、正邪の判定が逆さまではないかと私のような非党員がいくら訴えても、企業主たちは最終的に聞く耳を持ちませんでした。

だから、彼ら党員スタッフたちが自分たちにだけ与えられたそのような特権を武器にして、卑劣で凶暴な本性を剥き出しにして攻撃にかかってきたとき、彼らは猛獣以上に恐ろしかった。

私がダイモーンの児を得てから一年足らずが経過した、八四年の暮れのある夜起こった、忘れられない出来事があります。

団体S青年部主催の忘年会の席でのことでした。「青年部」といっても、中年以上の企業主ないしその跡取りたちもたくさん交じっていました。また、そうした催しには事務局の男性スタッフも、特別事情がないかぎり出席することが恒例になっていて、そのときは会計主任Eと、後輩スタッフGと、そして私も出席していました。

男ばかりの酒宴もたけなわとなった頃、私は数十人の企業主たち一人一人に、ビールや酒を注いでは返杯を受けて回る途中でした。Yという木材店主のところまで順番が進んでいったとき、私は彼にいきなり、一室の中にいる誰にでも聞こえるような大声で面罵されたのです。

「あんた、うちの内容ばあんまりあちこち言い触らさんどって」

と彼は、怒気に満ちた声と表情で言いました。

「内容」とはこの場合、企業の経営状況のことを意味します。それもたいていの場合、苦しいそれのことを。

けれども私は、Y木材店の経営状況がいかなるものであるのか知りもしなかったので、彼がそんなに怒りに駆られて何を言っているのか、咄嗟には理解できませんでした。しかし私にはすぐに、何が彼にそんなことを言わせたのか、その背後にある事情を読み取ることができました。

一年以上前の私だったら、「何を言うか！」と喧嘩腰になっていたかもしれません。だけどそのときの私には、既にDがいた。激情に駆られて我を忘れれば、まだ幼いD（Z）の健康を甚だ損なうことになるということを、私は一年間の体験から学んでよく知っていました。だから先ず、表面だけ見ても分からない事柄の核心を洞察することができさえすれば、それでよかったのです。

団体所属企業の経営状況を、人に「言い触ら」すことができるほどよく知っているのは、団体S職員に限って言えば、記帳指導から試算表・決算書の代行作成までの業務に直接関わった、その企業の担当スタッフ以外にありませんでした。だから、「言い触ら」す者があったことが事実だとすれば、その者はY木材店の担当者に決まっているのです。そしてその者が、「言い触ら」されたことに気づいたYに問い質されて、無関係な他のスタッフに罪をなすりつけたに違いないのです。

その担当スタッフはGでした。彼は党員でしたから、一般職員の何倍も人々に「言い触ら」して回りやすい立場にもありました。更に、私がYに面罵されたとき、Gの上半身がこの眼の視界に入っていて、垣間見たそのバツの悪さを噛み殺したような表情のわけを推測してみても、彼が私を讒訴《ざんそ》した犯人であることは疑う余地がありませんでした。

しかし私は、木材店主の罪深くすらある愚かしさに呆れ、粘り強く反論して誤解を正そうという気にすらなれませんでした。また、近くにいて事の一部始終を聞き知ったはずの企業主たちの目が、どうも私を信じていないように見えたことにも、ちょっと驚きはしたものの、その頃の私はもう、彼らに失望することにある程度慣れっこになっていました。むしろ私は、人々が私に対して投げつける言葉や取る態度のそうした理不尽さを、ダイモーンの児が地上で被らなければならない受難として、また、Dを得たこの身体に課せられざるをえない試練として、ある意味、積極的に受け止めるようになっていたのです。


それから四、五日後、「名誉顧問」Rが、夕方ぶらりと事務局を訪ねてきた折、私は事を彼に訴えました。そして、私が讒訴犯をGだと特定していることは明言せず、木材店主と、Gと、私とで話し合いの場を持つことで自分の濡れ衣を晴らしたいから、そこに立ち会ってもらえないかと頼みました。だけどRには、私の本意がすぐに分かったはずでした。

無論私はRの正義を信じていたのでも、私のために彼が本当に何かをしてくれることを期待していたのでもなかった。私は見てみたかったのです。党に籍のある議員として、自らが団体Sに招き入れた者でもある党員スタッフが、犯罪とすら言うべき卑劣な行いをしたという事実を突き付けられて、果たしてRがどう対処するかを。

結果は、およそ予想していた通りでした。彼のしたことは、私が着せられた濡れ衣はそのまま放っておきつつ、事そのものを大問題になる前にもみ消しにかかることでした。彼は別の日の夕方また事務局にやって来て、コップになみなみ注いだストレートの蕎麦焼酎(私は蕎麦焼酎はあまり好きではなかった!)を三杯も私に勧めた挙げ句、頼んでおいた件に関するまともな返答は何一つ語らなかったのです。

同じ党員だから、そしてGは自分が団体Sに呼び込んだ人材だったからRが庇った、とは言えないかもしれない。しかし、伝えるべきことを「触れ回る」ついでに、人が隠しておきたいことを「言い触ら」す者として党員RとGとは同じ穴の狢《むじな》だったから、自分の身にまで禍《わざわい》が及ぶことを恐れ、Rがもみ消しに走ったことは間違いないのです。

忘年会の酒席に始まった後味の悪い一連のこの出来事は、それから一年半後の退職を私に決意させるきっかけの一つともなったのでした。

3 魂を病む者同士の共鳴

動きの中にあるときにも、静止しているときにも、あなたに向けられるいくつもの憧れの視線に対する意識が、いつもあなたの中にあるように私は感じます。といってもそれは、他者の視線を意識するあまり、金縛り状態になってしまって心身が乖離《かいり》してしまうような、「自我」の働きではありません。むしろそれは神の意識であり、いわば神が歓びの爆発を抑えつつ、万事を俯瞰しているかのような意識なのではないでしょうか。

立居振舞が美しくて、人への対応に自然な温かみのあるあなたは、ジムの数多いスタッフの中でも、我々からの人気が抜群に高い。あなたはきっとそのこともちゃんと意識しているはずで、そのことを誇りに思い、そしてその誇りがまたあなたに、なおいっそう生き生きと仕事に取り組む情熱を与えているのではないか、と私には思われます。

あなたは原則一日一回、一時間のプール監視の任に当たるのだそうな。しかしその時間帯は不定だし、ましてあなたがプールサイドに姿を現すと、我も我もとファンがあなたの周りに殺到します。だから、泳ぎ専門のコースに通う私が、そんなあなたとせめて一、二分間でも、水の中と外とで言葉のやり取りをするチャンスを得ることはなかなか難しい。

幸運に恵まれてそのチャンスを得られたとき、私の中に焦りがあるせいか、貴重なあなたとの対話はこれまで必ずしも、話がしっかり嚙み合う性質のものではありませんでした。それでも私にはとても楽しかった。特に、私の話に対して相槌を打ったり、切り返しを入れたりするあなたの反応の仕方が、とてもダイナミックで、しかもリズミカルで、剣道の有段者だというあなたの竹刀《しない》捌《さば》きを見せてもらっているような気がして、話しながら私はいつも見とれていました。

あれは、初めから数えて何回目の対話でのことだったでしょう？　私は、自分の中にいつの間にか育っていた願望を、プールの中からプールサイドに立つあなたに向かって、冗談を装いながら、実はそのまま口にしてみたのでした。

「あなたを、私の心の中の宝物にしようかな……」

その頃私は、人生でたった一度だけ自分で拾ってきて、自分が世話をして育てた愛猫ぺルシーを亡くしたばかりで、きっとだいぶ寂しかったのだと思います。

あなたにとって、私が出し抜けにそんな提案を口にしたことは、全く想定外の事態だったに違いありません。ところが、私にとってもまた、そのときあなたが間髪を入れず私に与えた返事は、予想の範囲を良い意味で大きく超えるものでした。あなたはパッと顔を綻ばせて言ったのでした。

「それは、素敵な宝物ですね！」

あなたはあのとき、私の「冗談」に対する切り返しとして、「あなたの望む宝物は素敵な宝物ですね」と言いかけて、思わず、心の中に生じた願望をしゃべってしまったのではなかったでしょうか？「私を宝物と思ってくれるなんて、（私にとって）素敵なことですね」と言ったのではなかったでしょうか？　今でも私は、あのときのあなたの言葉をそのように解釈しています。

この夏のある日、私はあなたに、言ったことがありました。「あなたが持って生まれたｂｉｇな天分を満開に導く〈起爆剤〉を提供するために、私はあなたに出会ったのです」と。

〈起爆剤〉とは、申すまでもなく、この身体を介してDがあなたに贈るそのエッセンスのことです。〈愛の火〉のことです。そして、他ならぬこの書がそれの一部であることもまた、申すまでもありません。

☆

人間が石器を使って狩猟採集の生活をしていた時代と、様々な分野に電子技術を駆使して、多くの人々が空恐ろしいほどの便利な生活を享受している現代とでは、全体としての人類が日々消費している物質的所産の豊かさに天と地ほどの差があるでしょう。物質的次元での文明の飛躍的発達なしには、人類がその成員数（人口）を石器時代に比べれば何百倍にも、あるいはそれ以上にも膨らませ、地上の繁栄を謳歌することなどできなかったこともまた、事実でしょう。

しかし、人類全体として何百倍、何千倍もの物質的豊かさを手に入れたとしても、果たして個々人全てが例外なしに、石器時代人に比べて何倍かでも豊かになったと言えるのでしょうか。

言えるとするならば何故、この現代社会の中に夥《おびただ》しい数の飢餓や、極端な貧困が存在しているのでしょうか。

そして、現代人の心は穴居生活をしていた太古の人々のそれに比べ、果たしてどれほど豊かになったでしょうか。人間は全体としてどのくらい野蛮性を脱し、理性を発達させ、貪る心を恥じて窮乏の中にいる他者のことを思い遣る慈悲の心を育んできたでしょうか。

実は人間は一皮剥けば相変わらず、自分の欲しいものは同胞を殺してでも奪い取るほど野蛮で、いくら有り余るほど持っていても分かち与える心を持たず、弱者に対して無慈悲で、屡々《しばしば》残忍ですらあるのではないでしょうか。

そうでなければどうして、客観的な立場で理性的に考えるならば愚劣の極みでしかなく、野蛮への退行に他ならない戦争が、人間の世界に絶えないのでしょう？　どうして、独善や野放しの憎悪の念、あるいは絶望やニヒリズム等の炸裂でしかないテロが、世界各地で頻発するのでしょう？　またどうして、個人が個人を己れの一方的な都合のために、ああも簡単に惨《むご》たらしく殺してしまうのでしょう？

この人の世には〈愛〉が、全然足りていないのではないでしょうか。人間は〈愛〉の力を重く見ず、むしろ軽んじ、与えることを喜びに思う〈愛の原理〉によって成り立つ世を建設する努力を怠り、失うことを恐れる〈恐怖の原理〉の支配に易々と屈してきたのではないでしょうか。だから人間の世に、全体としては豊かに存在しているはずの物質的所産の、分配におけるかくも甚だしい偏りがあるのではないでしょうか。だからまた心の次元において、現代人は古代人に比べ必ずしも少しでも豊かに、幸せにはなれていないのではないでしょうか。

もし、今よりずっと多くの人が、たった一度だけでも本当の愛によって愛される幸せを知り、たった一人をだけでも本当の愛で愛する喜びを知ったならば、そのときから世界は確実に、全面的に変わり始めることでしょう。

本当の愛は、勿論正しく、そして強く、無限に大きく、時には途轍もなく激烈です。人はそのような愛によって愛されて初めて、自ら人を愛することを知り、〈恐怖〉の支配する世界から〈愛〉の支配する世界へと、人の世を根本的に変革する火種となりうるのです。

☆

八二年春、団体S事務局トップがRからJに代わったことにより、事務局内部のパワー・バランスが、Rの思惑にかなり反する形で大きく変わりました。役職の上では「参事」Jのほうが「会計主任」Eよりも一格上だったけれども、実質的には非党員であるEが、事務局のトップに立ったのでした。

まず、二代目トップとなったJについて述べておかねばなりません。

初代トップRにとってJは、単なる同じ党員同士という関係を超えて、自分が導いて入党させた後輩党員であり、また自らが経営者的立場にあった団体S事務局で最も信頼を置き、目をかけて育てた部下として、いわば「子飼いの弟子」とも言うべき関係にある人格でした。だからRは当然、J以外の者による後継など考えたこともなかっただろうし、実際その通りに事は運びました。そうなることによって初めて、何十年に亘り自分が団体Sに対して、ひいては鳥栖市という社会に対して「貢献」してきたことに対する、団体S成員ないし鳥栖市民からの相応の評価が末長く担保されるだろう、とRは考えたはずです。

RとJとは結核療養所で知り合い、その後終生に亘って師弟関係にありました。Jはおそらく、Rの導きなしには精神的にも物質的にも生きられない人だったのではないかと思います。

しかし逆に、事務局の中で常に揺れ動いていた人間関係の力学を振り返ってみると、RもまたJの支えなしには、長期トップの地位に留まっていられたとは考えられません。というのは、待遇面や共産党主導に対する一般職員の不満の矛先がRに向けられようとしたときには、Jは常に、自らそれを望んでであろうとそうではなかろうと、Rの立場と利益を忠実に擁護する衛兵の役目を果たしてきた人であったから。何十年にも亘り、時によってはRの身代わりとして、憤懣《ふんまん》を抱えた一般職員にとってのサンドバッグ役にもなってきた人だったから。

事務局を統治するためにRが使った奥の手は決まっていて、職員を団結させずに分断することでした。その作戦を練り、実行していく過程で、自分に対して絶対に逆らうことのない不変の味方が一人事務局内にいるということは、彼にとってどれほど心強いことであったか分かりません。第一、職員中にJが一人いるというだけで、最高責任者に対し全平職員が一致団結して立ち向かう、という構図は成り立ちえなかったのですから。

Jはごく普通の、善良な人格だったと思います。私の知る限り、彼のようなタイプの人格こそ、共産党員の一つの典型なのではないでしょうか。彼はおそらく、RやGとは違って、一度《ひとたび》自分が受け入れた共産主義思想を心底信じ切っていたと思います。そして、弱者に味方する正義の思想を実践する者としての自分が未熟なのだ、至らないところがあるのだ、という思いを抱えながら生きていたのではないでしょうか（おそらく、かつては大方の共産党員がそのようだったのではないでしょうか）。

彼は、自分の利益のために積極的に嘘をついたり、他人を陥れるような言動を行ったりできるような人柄ではありませんでした。更に、ダイモーンに贈られた〈火〉が照らし出した真実を踏まえて言うならば、決して人間の皮を被った人間以下の存在ではなかった。

確かに彼は、精神的独立性を保って生きていくための心の力を喪失し、生き物としてはもはや干からびてしまった存在ではありました。しかし、かといって人間として死んでいるというわけではなかった。少なくとも彼は、Dの放射する〈火〉を、絶対的に拒絶せざるをえなくなってしまっている魂ではなかった。彼が相当深刻な精神的窮地に陥っていることが窺い知れるときにも、その中から人間の衣を脱いで別の生き物ないし生き霊や死霊の類が正体を現す、という場面を、私は目撃したことがありませんでした。

Jの場合、先輩党員のRや後輩党員のGとは、おそらく入党の真の動機が違っていたのだろうと思います。そこには、彼の中の純粋な正義心が共産主義思想に共鳴するという、極めて真っ当な契機があったのではないでしょうか。

RやGの入党の動機は、そのような純粋なものであったとは到底思われません。むしろ彼らは、己れの卑劣な心根をカムフラージュして余りある絶好の身分を手に入れるために、入党したのではなかったでしょうか？　ただ、その一方で幾分かは、党員として果たすべき義務を実践することを通じて、卑劣ではない人格に本当になりたいという思いもあったのだろうとは思います。

しかしＪの入党の動機には、卑劣な心根のカムフラージュなどといったものはおそらくなかったでしょう。彼は、無力ではあったけれども真に善意の人、正義心の持ち主だったと思います。


事務局トップの交代があった時点から、もしＪがその正義心を自ら鼓舞して、彼なりに必死の覚悟でリーダーシップを取ってくれていたならば、私にとってのみならず、事務局全体にとってどんなに幸いだったことでしょう！

彼も後に、事務局に籍を置きながら、柄でもないのに、Ｒの票田を継承する形で党のロボットとしての市会議員になりました。しかしそんな道を歩むよりか、まず事務局の正しい最高責任者であることを心がけて、たった六、七人の職員及びその家族の幸せのために為すべきことを全力で為してくれていたほうが、彼の人生そのものの値打ちがずっと上がっていただろうに、と思います。

しかし彼は所詮、少なくとも「参事」になった時点ではもはや「生ける屍」でした。つまり、ロボット議員を務めることはできても、〈正義〉を実践するために必要な心の力の、最後の一滴すら失ってしまっていたのです。おそらく、それの半分ぐらいは、師と仰いだRによって吸い取られていたのではないでしょうか。

誰が見ていても見ていなくとも変わりなく、力を出し惜しみせずに、生きていくために必要な当然の金銭的報酬以外は何も望まず働くような〈良心〉にとって、Jは何の頼りにもなりませんでした。EやGのように、穢《けが》れたダイモーンに早々と己れの魂を売り渡してしまって、恥知らずで罪深い行いを積極的に行い続けた者たちに比べればずっとマシではあったけれども……。

☆

一握りの少数者によって世界の富の大半が独占される一方で、飢えや、人間らしい心を保つことすら困難なほどの困窮や、何の正当性もない差別等の中で日々暮らさねばならない人々が多数存在しています。

社会的に大きな力を持つ者たちは何故このような、必ずやがては人類の生命力の衰退を招き、もしかするとヒトという種そのものが遠からず滅びてしまいかねないような由々しき事態に対して、為すべきことを直ちに為そうとしないのでしょうか。それは、彼らがほとんど例外なしに、真の勇気と知恵ある〈愛の使徒〉ではなく、実は臆病で愚劣な〈恐怖の僕《しもべ》〉であるからに他なりません。

社会的力を持つ者ばかりが悪者とは限りません。力無き普通の人といえども、自分のちっぽけな財産や、地位や、権益等を手に入れたり維持したりするために、もしも己れの良心に反して悪しき者たちの際限なき欲望に追従し、その欲望と必ず背中合わせになっている恐怖に屈して、自ら彼らを支えるときには、その人もまた〈恐怖の僕の僕〉なのです。

事務局の実質的トップとなったEは大学の商学部を出ており、勉強家でもあって、会計の分野に関する総合的な知識においては事務局ナンバーワンでした。事務処理能力においても、誰にも引けを取らないだけのものを持っていました。しかし彼も、Jとはまた違った意味で、所詮集団のリーダーの任に堪えうるような器ではありませんでした。

彼は非常によくしゃべる人でしたが、そのおしゃべりの中に、屡々《しばしば》彼の人柄の卑しさが顔を覗かせることがあって、私は不快に感じたものでした。彼はよく、雑談あるいは結構シリアスな会話の流れの中にさえ、その場にいない、自分の嫌っている人に対する欠席裁判的辛辣批判ないし単なる悪口を、聞いている側の気持ちを慮ることもせず、無礼なほど平気で盛り込んだのです。何の脈絡もなく唐突に悪口や批判を言い出すこともあったし、陰口を延々と言い止めないこともありました。そんな場面で彼は、様々な表情や口調、身振り手振り等を駆使し、部分的には論理的でもある話し方をしたので、聞く人によっては説得力を持っていたでしょう。そんな彼一流の特殊な話術は、彼にとって世渡りをしていくうえでの強力な武器ではあったと思いますが、それを使い続けたことの報いが、果たして彼の人生にそれ相応の禍として返ってきはしなかっただろうか？

彼は表向き、自分たちから長きに亘って搾取し続けてきた党員たちに対する、軽蔑とルサンチマンの念を盛んに口にし、党員による事務局の支配体制を終わらせる必要があることを訴えていました。

だけどそうした彼の言辞は、必ずしも額面通りに受け取ることのできるものではありませんでした。何故ならば、彼とて自覚していたはずだから。道筋を拓き、人々を束ね、姑息なやり方によってであろうと部下を統率したRのカリスマ的先見性と指導力がなかったならば、自分独りの力などでは事務局や団体Sをどうともできてはいなかったであろうことを。Jが名目上だけでも最高責任者の任に当たっていてくれなければ、果たして自分に何か月、団体Sの事務局を運営することができるかも覚束ないであろうことを。

彼も、最初は己れの器に対するはっきりした自覚があったからこそ、Rの意向に従い、「会計主任」というナンバー2の地位に甘んじたはずでした。

否、「参事」や「会計主任」という協同組合特有の役職は、Rがトップであった時代の事務局では用いられていませんでした。Rが退職した後、協同組合の職制に関する知識を持っていたE自らが提案し、J以下に特に反対する職員もおらず、直ちに採用され、経歴上からも当然Eが「会計主任」の役職に就いたのでした。

事務局の方向性を決める場面で、Jならば己れの意見を押し通すことなどありえない、自分の望むところが、少なくともJに対してだけは概ねそのまま通っていくだろう、とEは考えたに違いありません。だからJを職制上のトップに祭り上げておいて、実質的には事務局の内と外との調整役にしておき、事実上は自分が事務局を牛耳ればいい、と。

実際、Jのリーダーシップの取り様はあまりにもお粗末で、事務局の運営を彼一人に任せておいては頼りなさ過ぎたから、二人でコンビを組んで運営していくのであれば、そのこと自体は私の立場からも良い方法であるように思われました。

しかしEは、分不相応の欲望を自制するだけの賢明さを持ち合わせていなかった。自分の願望がそのまま事務局の意志になることの心地よさを味わってしまった彼は、人生で初めて手に入れたちっぽけな権力を徒《いたずら》に振り回し、明らかに濫用するようになっていったのでした。権力を持つことの快楽に溺れてしまったのです。

事務局と団体Sとの間で行われた年に一度のベース・アップ交渉は、名目的には「賃上げ交渉」ではなく、団体成員が負担する「組合費」の「値上げ案」を事務局が作成し、その案を先ず理事会において事務局代表を交えて検討する、という形で行われました。その過程でEはいつの年も、RやJとは反対に、なるべく大幅な「組合費値上げ」を積極的に勝ち取ろうとする姿勢において一貫していました。その点彼には、団体に対して自分独りいい恰好をしておいて、あとからこっそり特別な見返りを独り占めしようとするところはありませんでした。彼は、各スタッフが担当企業に対する思い切った「値上げ案」を提出するよう、いつも我々の尻を叩いたけれど、自ら率先してそれを行いもしました。

しかし彼は、事務局に集まってくるお金を自分の差配で相当自由に動かせるようになったことに味を占め、「会計主任」の立場を段々悪用するようになっていったのでした。事務局の内部に対し、集まったお金をまるで自分のお金であるかのように、己れの権力を形作り、維持強化していくための原資として、恣意的に利用するようになっていったのです。

「組合費値上げ案」が最終的には団体総会を無事通過すれば、事務局がその年度において各スタッフに分配できる「職員給与」の総額が正式に決まります。この分配の最終決定権をEがほぼ単独で握ってしまったことにより、事務局内部において己れ独りに不当に権力を集中させることが可能になり、実際彼は意図してそうするようになっていったのでした。

Eが、ようやく手に入れた小さな権力に対する愛着のあまり、それを少々弄んでしまい、自ら墓穴を掘ってしまった出来事を一つ挙げておきます。

それは八四年の秋頃のことで、彼が「会計主任」になってから二年半ほどが過ぎていました。彼の主導下でその間三度、事務局が団体Sの決算及び次年度予算の作成を行い、それらを団体総会に報告して承認を得る、という一連の手続きが行われていました。

予算会計なのだから、総会で承認された予算額を一年間で使い切り、繰越残高ゼロの前提の上に次の年度の予算を組み立てる、というのが当たり前のやり方です。もし現金や預金がたくさん残っていたとしたら、団体は「組合費値上げ」を織り込んだ予算案をそのまま承認しようとはしないでしょう。残っているお金を使って昇給等に充てればよいではないか、と言うでしょう。すると、そうしたことが何年も続くことになった場合、事務局が苦しくなります。新たな団体加盟者を発掘する以外、職員の満足する昇給をさせてやれなくなっていくでしょう。それは事務局が、自分で自分の首を絞めることに他なりません。

だから、前期会計年度末（八四年三月三十一日）の現金や預金の残高など、無視してよいほどの微々たる額だろうと誰もが思っていました。我々平職員は無論のこと、事務局最高責任者Jでさえ、決算を導いた会計処理に誤りや不正がないかどうか、形式的にでも「会計主任」を疑う立場に立って、裏付けとなる資料に目を通したり、細かな質問をしたりはしていませんでした。

ところがEは、自分の処理を疑う者のいないことをいいことに、堂々と不正会計をやってのけていたのでした。そしてある日そのことを、五人の職員の前で自ら告白したのでした。

彼は突然に、事務局にはそのとき二百五十万円ほどの簿外預金（団体Sのものとなっていない隠し預金）があることを切り出しました。それをどうしようか、と言うのです。そこには、「場合によってはおまえたちに分けてやらないでもないのだが……」という言外の意味があることは明らかでした。

いちばんショックを受けたのはJだったでしょう。もしそんなことが団体の側にバレでもしたら、事務局最高責任者であるJが問われるであろう責任の大きさは、不正会計の張本人であるEと少なくとも同等だったでしょうから。

そしてまさにそこが、Eにとっては付け目だったはずです。彼は、俺のしたことをJが団体側に訴え出ることなど絶対にできるはずがない、と高を括っていたからこそ、人を馬鹿にするなと言いたいほど大胆不敵な不正会計を行いえたに違いありません。

Eがあっけらかんと重大な「既成事実」を告白したとき、それならばこうするべきだ、こうしよう、という自分の考えなり提案なりを口にしようとする者は、私を除いて誰もいませんでした。Jをはじめ Gも、F女史も、それぞれにどのような思いなり思惑なりがあったかは別にして、ただひたすら口をつぐんでいるだけでした（Eは在職期間が特に短いK夫人を、最初からこの場に加えていませんでした）。

私には、Eが行った不正は団体に対する背信行為というよりか、我々職員に対する裏切り行為であるように思われました。二百五十万円の簿外預金について、それは我々一人一人が担当企業主たちに毎年度の予算を納得させるだけの働きをして、正当に勝ち得たお金の一部であり、事務局に権利のあるお金であるはずだと判断したからでした。だから問題の核心は、それをEが昇給なり賞与なりの形で我々に分配せず、ましてや何年間も黙って隠しておいて、更には、必要を超えた権力を己れに集中せしめるための手段として、不当に利用しようとしているところにあると私は確信したのでした。

私は独り口を開き、Eに問いました。

「そんお金はいったい誰のもんでしょうか？　協同組合のもんですか？　事務局のもんですか？」

もしその二百五十万円が団体のものだとすれば、それを団体の財産として計上せず、職員の誰かが仮にでも、自分個人ないし自分に関係する何者かのものとして管理しているならば、それは「横領」という犯罪行為に該当するかもしれません。したがってその場合、「参事」Jにはそんなことは到底できないにしても、もし平職員の誰かが事を事務局の外に訴え出、臨時の理事会が招集されるような事態になれば大事件となり、大混乱が生じる可能性がありました。

無論Eにそれが分からないはずはなかったから、彼はだいぶ動揺した表情を見せながらも答えました。

「誰のもんかちゅうならば、事務局のもんちゅうこつになるナ……」

そこで私は言いました。

「事務局のもんならば、それは我々職員が一生懸命働いて稼ぎ出したお金ですから、我々一人一人に返してください」

するとEは、その件に関してはもはや子供騙しのようなやり方が通用しないことを悟り、彼にとっては全く不本意な形で、二百五十万円を各職員に分配することに同意したのでした。事の成り行きに特に異議を申し立てる者は誰一人、その場にいませんでした。

☆

この人の世が現に、〈愛の原理〉の土台の上に成り立っている世界ではなく、〈恐怖の原理〉が支配する世界であることを端的に示す、一つの明白な証拠があります。それは、この地球上の「大国」は例外なく、そうではない国もたいていは、いつまで経っても本気で軍備の縮小を目指そうとはせず、むしろ、より性能の優れた兵器〈殺戮《さつりく》と破壊のための道具〉が年々開発されていく分、それを確実に増強していっていることです。

どこそこの国の考え方が気に入らないから、やっている動きが気に障るから、もしかすると軍艦で迫ってきたり、ミサイルを撃ち込んできたりするかもしれないからと、他国の思惑を必要以上に邪推したり、その動向に一々過剰に反応したりするならば、それは既に最初から〈恐怖〉に負けてしまった弱虫の心の持ち方です。まして、だから自国の軍備をもっと増強せねばと短絡的に考えるならば、それが即ち、〈恐怖の原理〉に屈することなのです。

「ならず者」的な国家もあるから安心できないではないか、と言うならば、せいぜい、「もしわが国及び国民に対して乱暴な振る舞いに及べばただでは済まさないぞ」という覚悟を示すのに足りる程度の軍備をしておけばいいのです。かつてわが国の「武士」が、己れの身を護るために一振りの刀以上のものを持とうとしなかったように。

それよりか、もしも国民一人一人が決死の覚悟で〈恐怖の原理〉と決別し、〈愛の原理〉を受け入れ、その心に全ての人を愛する〈愛の炎〉を燃やしていたとしたら、そんな敬うべき国に向けてミサイルを撃ち込むほどの蛮国などありえないのです。そのような正しい国家と国民は、神に愛され守られるがゆえに真に強く、人間の世界の終わりの時まで滅びることがないのです。

ところが今のところ、世界がそういう方向へと変わっていく兆しはまだ全然ありません。何億もの飢餓や極貧の存在にはお構いなしに、莫大な費用が毎年確実に軍備に投入されていきます。そのような無情のシステムの在ることから恩恵を受け、既得権益を享受している者たちの圧力によって、世界の政治が動かされているからです。システムがおかしいのではないか、と気づいた人たちの声も、その者たち、ないしその手下に甘んじている者たちによって掻き消されてしまうからです。

私より十歳以上先輩のEと二歳後輩のGとでは、出身大学が同じだということ以外、表面的にはあまり共通点はなく、それぞれが吐露する信条や見解等に重なり合うところも少ないように、私は見受けていました。

Eは共産主義思想を嫌い、日頃からRをはじめとする党員スタッフ批判を口にしがちだったし、実際Gに対しても、屡々《しばしば》どこか小馬鹿にした態度を示していました。そしてG

もまたEのことを、シェークスピアの戯曲に描かれたユダヤ人の商人のような、金銭に執着するあまり血も涙も無くしてしまった哀れで卑しい人格として捉えているらしいことが、言動の端々から窺い知れました。要するに、彼らはお互い相手に対する尊敬心をこれっぽっちも持たず、ただ単に心底で軽蔑し合っているような間柄だと、私は認識していました。

出身大学以外にもう一つだけ、彼らの表面的な共通点がありました。二人とも、相手が担当企業の関係者であろうと飛び込みのセールスマンであろうと、快く会話に応じてくれさえすれば誰とでも、おしゃべりをするのがとても好きだったことです。

取り留めのある話であれ、ない話であれ、時間が許す限り、彼らは実によくしゃべった。そしてそうしながら、善用するにせよ悪用するにせよ、自分が利用できそうな情報を仕込み、また、相手が媒体として使えそうだと思われれば、自分を売り込んだり、自分の立場や好いイメージを守ったりするための情報を巧みに発信したりしていました。そういう意味では確かに彼らは二人とも、情報を収集しつつ同時に発信する能力において非常に優れていて、私など足下にも及ぶところではありませんでした。

Gはおそらく、そうした自分の能力をフルに活用できる仕事の仕方を見つけ出したのでしょう。彼は、特にオフコンが事務局に導入されてからはほとんど連日、複数の担当企業の事務所と事務局との間を日に何度も往復するような勤務形態を選択していました。出先で会計資料を預かり、不明点を質したりして、それをすぐ仕訳入力ができるように整理するところまでの仕事をそこで済ませて帰ってきて、事務局でオフコンに向かうのでした。

専らそんなふうな勤務の仕方をするようになっていった日々の中で、どうやら彼は、自分の持つせっかくの優れた能力を悪用する方法を発見し、その技術を相当自覚的に磨いていったようでした。党員であるがゆえに自分が「善意の人」「正義の人」という先入観を持って見られていることを利用して、人の秘密なども嗅ぎつけたり、その一部を知ったりしながら、そうした情報を党員としてというよりか、主として私的野心を満足させるための道具として使う術を覚えていったらしかった。新しい情報を仕入れるためには、自分が持っていて相手が持たないそれと交換する必要もあったでしょう。彼はそのためにますます息せき切って、強引ですらあるやり方によって情報収集をせざるをえなくなっていったのだろうと思います。

Gと初めて会ったとき、自分の小柄な身体を精一杯大きく見せたいのだろうと解釈するほかないような、非常に尊大な態度を、彼はとりました。当時の「事務局長」のRに呼ばれて、団体S事務局に就職するための形式的な面接を受けに来ていたのでしたが、彼が何者で、いつ何をしに来るのか、私は事前に一切知らされていませんでした。だからそのときは分からなかったのですが、実は、彼が示したニコリともせず頭を下げもしないその態度は、「俺はあんたたちに用があって来たんじゃない。Rに会いに来たんだ」と言いたい胸の内を語っていたのでした。

しかし事務局への採用が正式決定した途端、Gの態度は一変しました。出勤第一日目には、誰よりも早く出てきて事務所の掃除をやっていた！　そして、ものの言い方や我々先輩に対する態度なども、常識をわきまえ、遜《へりくだ》ったものになっていました。

その後、彼は私に対しても、ちょっと見には人懐っこそうな表情を見せて、積極的に近づいてくるようになりました。しかし、本当に心を開いているのではないことが何となく感じられたし、むしろ常に何かを警戒し、何かを人から盗み取ろうとしているような、決して笑わない目がそこにはありました。

そして、初対面のときに彼の見せた横柄さが、決して私の錯視《さくし》に基づく思い込みではなかったこともすぐに分かりました。彼は人にものを尋ねておいて、忙しい時間を割いてこちらができる限りの対応をしたにもかかわらず、結果的に彼の満足のいく答えを与えてやれなかった場合、露骨に人を見下げるような態度を取ることが間々あったのです。

また、あとから思えば、私の警戒心を解き、何らかの弱みや秘密を一つでもさらけ出させるためだったのでしょうが、普通ならば絶対誰にも言わないであろうような自分の秘密を、私に対して彼は自ら唐突に告白したことがありました。道を歩きながらの会話の中で、自分は出身大学の入学試験の際にカンニングをした、そのおかげで入試に受かった、と言ったのです。

私にとってそんなことは聞きたくもなかった話であり、特に彼に口止めされたわけでもなかったけれども、そのことを私は今日まで誰にも、一度もしゃべったことはありません。

彼がそんな恥ずかしい秘密を私に打ち明けたのは、一つには、人に告白することによって後ろめたさから、己れの良心の呵責から、少しでも逃れたいという已《や》むに已《や》まれぬ心情からであったでしょう。

しかし同時に、彼という人間は、そうまでしてでも人を油断させてその弱点を探り出し、摑んだそれを利用して相手に対し支配的な立場に立とうとする性質を、まるで一種の本能のように、人格の相当深い部分に持っていたこともまた事実でした。

おそらくGは、私との関わりがなくなってからも今日に至るまで、そんな危険な本性の発現に任せて、ターゲットたちに社会的ないし精神的ダメージを与えることに一再ならず成功し、そのたびごとに密かな快哉を叫んできたのではないでしょうか。けれどもそのような、いわば一種の非人間的な武器を常時身に帯びていることが、必ずしも本当の意味で彼自身を護ってきたとは考えられません。

彼も、誠実ではなくとも共産主義思想の信奉者の一人として、神仏など迷信に過ぎないと頑なに思い込んでいました。しかし、どんな思想信条を抱いているかなどということとは全く無関係に、その魂が神に知られるときは知られ、そこに神が来るときは来ます。ただし、人の心を欺き、罠を拵《こしら》えて人を陥れることを何とも思わなくなるまで堕落してしまった人間の魂は、哀しいことに少したりとも神の関心を惹くことはできないのです。したがって無論、神がそのような魂に来ることはありえません。

だからGは、持ち前のその非人間的な武器を使えば使うほど、その分どんどん神から遠ざかり、己れの魂の、言い換えれば〈自分自身〉の救済可能性を失っていったに違いないのです。

表面的な共通点があまりなかったり、真反対の性格であるように見えたりしていても、人が魂に関わるほど深いレベルの本性を露わにしたときには、人間同士のまた全く違った次元の共通点や結びつきが明らかになるものです。

実はGとEとは、その時点までのそれぞれの人生で負った心の傷が魂に及び、それが膿《うみ》を持つほどの大事に至ってしまっているという一点において、同病相憐れむ深層心理を共有していたのでした。弱い魂を持って生まれたという点において、彼らは同類だったのでしょう。そして、それゆえ共にそこを傷めてしまったことによって、共鳴し合える心的傾向がそれぞれの内部に形成されていったのでしょう。

私がそのことにはっきりと気づいたのは、八四年一月にDを得た後のことでした。膿を持つほどに傷んでしまった魂たちにとっては、私に来た〈愛〉のダイモーンは初めから敵でしかなかったようでした。Dが放射し続けるダイモーン発の〈愛の火〉は、彼らにとってはむしろ地獄の業火《ごうか》の如きものだったようでした。それゆえに彼らは、お互いに軽蔑し合っていたにもかかわらず結託したのだと思います。共通の敵であるDの脅威を封じるために、二人は暗黙裡に手を握ったのだと思います。

しかし、このことについてここでこれ以上のことを述べるのはまだ早過ぎます。

4 エロスを巡る暗闘——予兆の冬

私はこの〈福音の書〉が、愛の神々と恐怖の勢力との地上の覇権を賭けた戦いにおいて、愛の神々を援《たす》ける、地上の小さな砦の役割を果たせたらと念じます。書き手は一介の、神に授かったその児に対する忠実さだけが取り柄の、愛の戦士です。主役として物語られるDは、愛のダイモーンの地上における分身です。

そして書き手は確信に燃えています。この書を読んで、愛のダイモーンがこの世に敷きたい〈愛の原理〉にまず共鳴するだけで、愛の神々に力を送ることができます。するとそれに応えて、神々との間に出来た細い回路を通じ、神が働きかけてくるようになるはずです。神の世界のものであった〈愛〉が、生命の力が、読む人の中に、共鳴者の魂に、流れ込んでくるのです。もし、その人の心が神の関心を惹くほどに魅力的であり（つまりそれほど純真であり）、しかも彼女（彼）が不屈の忍耐力を発揮して、神との間の回路を十分なキャパシティーと堅固さを持つものにまで育て上げたとしたら、彼女（彼）は自分自身に起こる奇蹟すら体験できるかもしれないのです。

Dを授かって以来三十一年、この年月を顧みるとき私は時々この身体を、たくさんの子供を産み育てた女性の心身に擬《なぞら》えてみることがあります。しかし、たとえどうなろうと、ありったけの力を尽くしてDを支えることを措いては、この身の存在意義がありません。そしてまた、この身があげる悲鳴に構わず、ただひたすら〈愛の火〉を放射し続けることこそ、〈愛〉のダイモーンの児であるDという存在の本質なのです。

だけど、もし乳飲み子を持つ母親がそれを奪われてしまったとしたら、彼女はわが子に注ぐべき愛情をどこに向ければよいのでしょう？　それと同様に、もしも私が愛すべき相手を最終的に失ってしまった場合、〈愛する〉ために存在しているDの行き場が、この世のどこにあるでしょう？　そのときには天なる彼の父親が、即ち愛のダイモーンが、地上に再臨してくれるのだろうか……？

否、その前に先ず、ようやく〈希望〉を見つけ、それに力を得て何とか頑張れているようなこの身体が、やっと見つけた己れの宝を失う打撃に、そのとき果たして耐えられるだろうか？　まして今の私の中にはあなたが、単なる〈希望〉というよりか、エネルギーを伴った一個の実体として存在しているのですから。

あなたの中ではどうでしょう？　Dの愛が、決して無視できない現実として、実際そこで懸命に働いてはいないでしょうか……？

☆

私が団体S事務局に在籍していた十二年足らずの期間は、わが国の年々の経済成長が著しかった時代で、その期間の終わり頃には、成長はほぼピークに達していたと思います。無謀な経営をして倒産に至る企業もあったけれども、一定水準以上の技術なりサービスなりをコツコツと売っていけば、たいていの企業は順風満帆の経営ができていたのではないでしょうか。

企業が無事に立ち上がってから何年かを経て、企業主が「これなら何とかやっていけるのではないか」という実感を抱くようになった頃、よく所得税ないし法人税に関する税務調査が入ったものでした。

企業というものは大小を問わず、日々の商取引を会計規則に従って体系的に記録し、その記録に基づいて正しく税の申告をしなければならないように、法律で定められています。税務調査が入った場合、一言で言えばその記録に嘘が含まれていないかどうかが調べられます。例えば、金銭出納帳や使用済みないし使用中の預金通帳、レジスターの記録紙、発行した領収証の控え、受け取った領収証等、保管が義務付けられている資料の記載内容と申告内容とを突き合わせたり、当該企業の取引先に裏付けを取る、といったことがなされます。我々が当たったほとんどのケースで、踏み込んでくる国税調査官の人数は一人ないし二人、企業事務所や応接室での調査日数は二日間でした。

団体Sに所属していた企業の大部分は小企業で、専属の事務員を外から雇っているところは少なく、たいてい、企業主自身が事務員を兼任するか、その配偶者がその任に当たるかのどちらかでした。そして、そんな企業主ないし配偶者に、自社の取引内容を正しく会計仕訳できるだけの会計知識が具わっていることは稀で、むしろ大部分の企業は、経営内容がどうであるかにかかわらず、自力ではまともな金銭出納帳すらつけられませんでした。

我々職員の主な仕事は、そのようにお粗末な会計処理能力しか持ち合わせない企業たちを親身にサポートして、企業主たちの納得のいくような決算及び税申告まで導いてやることでした。

もう少し具体的に言えば、曲がりなりにも金銭出納帳や売掛帳、買掛帳等、必要帳簿の作成能力がある企業に対しては、その不備な部分を補ってやり、完全な帳簿作成に向けての記帳指導を行いつつ、提示された帳簿を土台に会計仕訳を積み重ね、決算、申告へと歩みを進めていきました。必要帳簿作成能力が全くない企業に対しては、発行した領収証の控え、受け取った領収証、預金通帳の取引記録等の資料と、あとは企業の我々に対する自己申告から直接に仕訳を行い、決算と申告に導きました。

いずれの場合にも、最終的には決算書と所得税ないし法人税の確定申告書を作成し、法定期限内に税務署に提出することを以て一年間の仕事が終了します。しかしながら我々の立場は、与えられた資料に正確に基づいて決算書・確定申告書を作成し、納付すべき税額を算出して報告しさえすれば、それで一件落着というわけにはいきませんでした。

所得税や法人税の申告額に応じて、その年度に納付すべき地方税額も決まります。個人企業の場合には、健康保険料の金額もそれによって決まります。だから企業主たちは、我々が導き出した所得税や法人税の額が自分の思いのほかに大きかった場合、すぐに「はい、分かった」とは言わなかった。

まず、合法的に税金をもっと少なく納める方法がないかどうかを、企業主たちは我々に問いました。その次にはかなりの割合で、一時的で比較的軽微な脱法行為の片棒を担いでほしいと、我々は企業主に依頼されました。そして更には、相当重い脱法行為の筋書きの提供を我々に求める企業主たちも、少なくはなかった。

我々は、否、少なくとも私は、企業の会計事務を代行した者としての立場で税務調査に立ち会ったとき、担当企業を護るために、自分の知恵で間に合う限りのことは何でもしました。税務調査に入られているという当面のピンチを凌ぎ切れると思うならば、それを求める企業に対してはどんな悪知恵でも提供しました。それが、生活の資を得るための自分の仕事であろうと心得ていました。

調査官はたいてい、自分が狙いを絞った企業が何のゴマカシもしていないはずがない、という確信を持って調査に来ていたようでした。そして実際その当時、追徴税が取れそうなところとして税務署がリストアップしたほどの企業であれば例外なく、申告内容に何一つ嘘がないことなどなかっただろうと思います。

働き口を得たサラリーマンは、働きさえすれば雇用主との約束に従った給料を受け取ることができます。しかし、企業主たちは必ずしもそうはいかない。たとえ寝る間も惜しんで働いたとしても、その企業が売るべき技術やサービスを買う人の数が足りなかった場合、企業は赤字経営になってしまいます。企業を運営していくうえで支払わねばならなかった費用の年間総額が、売上高の年額を上回るということです。

そのときに、だからといって国や地方公共団体が、いくらかでも援助のお金をくれるわけではありません。しかも企業主には生活していくお金も必要ですから、事業上の運転資金にその分を含めて、身内や知り合い、または金融機関から借金をしてその年度を凌ぐほかないでしょう。そして次の年度に期したとしても、次もまた赤字経営になってしまわないという保証はどこにもありません。普通、生活費すら稼ぎ出せない経営状況が三年も四年も続けば、そんな企業は倒産に追い込まれもするでしょうし、少なくとも廃業を余儀なくされるでしょう。

また、個人企業主とサラリーマンとを、同じ金額の年間所得を得た場合の税負担率という面で比較してみると、サラリーマンのほうがずっと優遇されています。

サラリーマンに対しては「給与所得控除」という制度が設けられていて、所得税及び市県民税の「課税所得金額」を算出する過程で、一年間に貰った給料の合計額からまずこの控除を差し引きます。その金額は現行の税法で、百六十二万円未満の収入であれば一律に六十五万円、収入が増すに応じてそこから小刻みに増えていって、二百万円だと七十八万円、三百万円だと百八万円、五百万円の収入ならば百五十四万円にもなります。サラリーマンが納めるべき税金の額は、収入からこの「給与所得控除」の額を差し引き、そこから更に「基礎控除」等の諸控除を差し引いて「課税所得金額」を導き出し、それに税率を乗じて求められます。所得税と市県民税とを合わせた現行税率は、少なくて十パーセントです。

しかし、個人企業主が得た「事業所得」に対しては、この「給与所得控除」は適用されません。

「事業所得」の「所得」とはこの場合、収入から必要経費を差し引いた「利益」のことを意味します。個人企業主はこれによって生活をし、もし事業上の借金があれば、その元金もここから支払っていかねばならない。ところが、「給与所得控除」がないから、年間たった百万円の「利益」を得た企業主がいて、仮に彼が独身で、国民年金も健康保険料も払っていなかったとしたら、彼は所得税と市県民税を合わせ六万二千円ほど支払わなければならないでしょう。例えばパートタイマーか何かが年間百万円の給料を得たとしても、他に所得があるのでないかぎり、市県民税の均等割り（何百円か程度）以外の所得税・市県民税は無条件でかからないのに、です。

税負担率の差は、比較する給与収入と事業所得の金額が大きいほど大きくなっていきます。また、税申告のために企業主が費やさなければならない時間や費用を考慮に入れるならば、実質的な差はその何倍にもなるかもしれません。

私が団体Sの職員だった時代も今も、税法のそうした基本的な仕組みは変わっていません。諸控除の額は現在よりほんの少し小さかったものの、それすら大した違いはありません。

だから当然のことながら、私が団体S職員として関わった企業主たちは例外なしに、どんな決算を整え、どんな税申告をするか、ということに関して極めて真剣でした。特に、開業後数年以内に企業が飛躍的な発展を遂げたような場合、我々が導き出した税金の額を聞いてその企業主はまず胆を潰し、「そげな税金払いきらん」と駄々をこねたものでした。だけど、企業主たちが最も恐れたことは、高い税金を納めることでも、「赤字」を出してしまうことでもありませんでした。彼らは一人の例外もなく、自分が起ち上げた企業を一日でも長く生き延びさせたいという、生存本能に匹敵するような強い願望を抱いていました。だから、その運営をどうしても断念せざるをえなくなることこそ、彼らが死ぬほど恐れたことでした。

そうであれば、金融機関からの借り入れが必要な企業にとっては、払いたくない税金を払ってでも、金融機関が何とか融資に応じてくれるだけの黒字を、決算書に諂うことが必要になります。金融機関は、融資したお金が回収不能になることだけは絶対に避けたいから、提示された数年間分の決算書を見て、赤字が続いているような企業に対しては貸したがらないからです。

つまり、我々が決算と税申告に関わった企業が全て例外なしに、ただ一方的に税金の少なくて済む申告を望んだわけではなかったのです。そのことは我々スタッフにとって、自分が苦労して導き出した申告税額を担当企業主に納得させるに際して、自動的に有利に働きました。この場合だけは、税額を巡っての企業主との交渉というもう一苦労も、決算の手直しという更なる苦労も要りませんでした。

「税理士法」は、資格なき者が税の申告に関わる仕事をして報酬を得ることを禁じることで、間接的に税理士たちの身分を保証し、その一方で、彼らが法の定める枠組みを決して逸脱しないように、言い換えれば彼らが顧客である納税者の完全なる味方になってしまわないように、彼らを束縛しています。

「税理士法」はそもそも、小規模な企業のためになど作られてはいません。国が徴税をしやすくするためにのみ、作られています。それは、「税理士」という国家資格を与えた者を手厚く保護することによって国の側の味方とし、出先機関として利用する目的で作られている法律なのです。

それでも、一方で税理士たちは顧客を得、収入を得て生活していくためには、顧問する企業の味方をせざるをえないでしょう。何故ならば、「私は法律通りのことしか絶対しません。徴税機関の目を欺くようなことは一切致しません」と彼らが言い続けるならば、継続してそんな税理士に顧問を頼む企業はいずれ一社もなくなるでしょうから。

つまり、税理士という存在は二面性を有しているのです。そして最終的には、顧客の利益と自分の身分とを秤に掛けねばならなくなった場合、前者を選ぶ税理士など、いはしないでしょう。

そうであるならば、安からぬ顧問料を支払うことが苦しいような小規模企業が協力して人を雇い、国家資格はなくとも税理士に負けない仕事ができるような人材を育成し、会計や税制度のイロハを指導してくれたり、必要会計書類や申告書類の代行作成をしてくれたりするような事務機構を抱え持ったとして、そのことのどこがいけないのでしょう？　団体Sという特殊な組織が存在することの正しさと価値が、そこにあったのです。ただし、自分たちの身分に伴う特権を脅かす存在を許したくない「税理士会」の意向を斟酌《しんしゃく》して、税務署はそうした団体に対し、少なくとも表向きは寛容でありませんでしたが……。

今ならば認められないことでしょうが、当時は、税理士の資格を持たない我々団体Sスタッフが、担当企業の最終的な決算書と法人税・所得税の確定申告書を作成し、「税理士の署名捺印」の欄には団体Sの名称ゴム印を押して申告をしていました。そして、担当企業に税務調査が入ったときには、その企業の会計・決算に極めて深く関わった者としての立場で、始めから終わりまでその調査に立ち会ったものでした。擬えるならば、身を挺して主君を護る武士のような姿勢で。

企業が、起ち上がってからようやく伸び始めた段階で税務調査が入り、もし多額の追徴税を取られた場合、その企業の存亡にすら関わる一大事となります。ですから、そこで我々が存分な働きをして、調査官を手ぶらで追い返したような場合、我々は企業主からの大なる感謝を受け、その後の絶対的な信頼を勝ち得ることができました。一時的な恩典として、調査終了後に飲食の接待を受けることも珍しくありませんでした（ただ、税務調査の立会いの場面で私が少々頑張り過ぎ、活躍し過ぎたことは、他のスタッフの妬みを買い、後々私が嘗《な》めねばならなかった辛酸の種にもなったのでした）。

国税調査官の調査の仕方は、必ずしもフェアなものではありませんでした。少なくとも、紳士たる者が誰の前で行っても恥ずかしくないようなやり方ではなかった。

私は、人生で初めて税務調査の立会いをしたとき、思い知ったのでした。調査官たちは、正しい申告がなされているかどうか調べよう、という心構えで調査に来ているのでは決してなかった。むしろ、狙いを定めて調査に赴くからには、どんなことをしてでも何がしかの成果を挙げてこよう、というのが彼らの基本的なスタンスだったのです。

きっと彼らは、行った先から確実に追徴税を取ってくることによって上司に認められ、その後の昇進や昇給がその分早くなっていく、という税務署内部の仕組みに背中を押されて、調査現場に乗り込んできていたのだと思います。「嫌われ者」であることには慣れっこになりながら。

私は、経験から学んでそのことに気づいてからは、税務調査の立会いに対して却って何の恐れも感じなくなりました。調査官との知恵比べに、むしろワクワクするような気分すら抱くようになっていったのでした。

私は、税理士でもないのに数十回もの調査立会いをするという、かなり特殊な経験を振り返って思います。もし、税務調査というものがどんなものか何の認識も持たない企業主やその配偶者が、独力で百戦錬磨の国税調査官に立ち向かった場合、敵にとっては赤子の手を捻るようなもので、企業の側はほとんど何の抵抗もできないでしょう。そして今の時代はいざ知らず、私が関わっていた当時、仮にその企業が全く正しい税申告を行っていたとしても、相手の調査官次第では、本来納める必要のない追徴税すら取られてしまっただろうと思います。

☆

宗教は、それが本物であるかぎり〈真理〉を追究します。宗教とは〈真理〉探究の道に他なりません。それは科学者が追究する真理とは別の次元に属する真理で、例えば「キリスト」や「如来」と呼ばれる存在が具現すると考えられているような種類の真理です。

そのような〈真理〉は、〈恐怖の原理〉に支配されて成り立っているこの世の仕組みとは、言うまでもなく無関係です。それは、そもそもこの世に属するものではありません。

そして〈愛〉もまた、この世の仕組みの埒外にある何かです。〈愛〉も、本来この世に属するものではないのです。

そのことは例えば、Dがその本質として今もなお燃やし続け、ほんの微かにでもこの身体の外へと放射し続けている〈愛の火〉が、愛のダイモーンという異世界の存在に由来するということ、即ち、そもそもこの世に属するものではないという事実が証明しています。

ですから、この世に属する力によって〈愛〉を捕らえようとしても、それは理不尽な、愚かな試みなのです。

ところで、生命の表れの一つの様態である〈エロス〉とは、身体という媒体を通じて具体的な形で自己表出する〈愛〉のことをいうのではないでしょうか。だとすれば、身体がこの世の仕組みの枠外に出られるものではない以上、〈エロス〉もまた、完全にその埒外に存在することはできないでしょう。逆に言えば、この世に属する諸力が、〈エロス〉に対して幾分かの己れの権利を主張できる場合もありうるでしょう。

ただし、この世に属する力によって〈エロス〉を捕らえようとするとき、そのやり方が強引過ぎたり卑劣だったりするならば、仮にそれで目的を遂げられたとしても、それは決して愛の神の祝福を得られない、ただ野蛮なだけのつまらない行いなのではないでしょうか。

手の届く所に咲いている花を摘み取ることは、誰にでもできる。しかし、誰にも太陽の光に代わることはできないけれども、その花が咲くことにほんのわずかな貢献でもしているのでなかったら、その者には、少なくとも花の許しを得ずにそれを摘む権利はないのではないでしょうか。

〈エロス〉を消費することは誰にでもできます。しかし消費するからには、その者は自分に可能な最大限を尽くして、消費したい〈エロス〉の生産に貢献しなければならないでしょう。夫婦として、あるいは恋人関係の一形態として共に暮らしているような者同士であれば、お互い、〈エロス〉の乗り物である相手の身体の維持に、何らかの形で貢献する義務があるでしょう。

〈エロス〉の生産に対する貢献の度合いに応じて、貢献を受ける者にとってのその貢献者の価値が決まり、彼（彼女）がその〈エロス〉を消費する資格の有無が決まるのだと思います。もし、数知れぬ個体の〈エロス〉の生産に関わり、しかもそれぞれに対して極めて優れた貢献をなしうる者があるとしたら、その者の存在価値は計り知れず大きいのではないでしょうか。

Dは、およそ一般的な個体の関わり方とは別の仕方で、〈エロス〉の生産に関わります。身体の維持に貢献する等の間接的な方法によってではなく、直接的にそれに関わることができます。何故ならば彼の本質は依然として、愛のダイモーン由来の〈愛の火〉なのであり、また彼はそのエネルギーを、即ち〈愛〉を、絶えず放射し続けている存在であるからです。

Dが放射するエネルギーは、つまり〈愛〉は、それを受容する人の深奥に魔法の薬のように効いて、その人に最大限度の健康を取り戻させ、自ずと〈エロス〉を生産させるように働きます。〈愛〉とは何か——〈エロス〉のほうから言うとき、それは凝縮され純化された〈エロス〉に他ならないからです。

Dが放射するエネルギーの働きは、心的次元の範囲内に止《とど》まるものではありません。身体的な現象としても表れ出ます。〈愛〉と呼ぶべきエネルギーは、それを受け入れる人を無意識の抑圧から解放し、心的外傷を癒し、老化の方向へと流れてゆく時間を逆行させ、また一気に成長を促進するようにも働くでしょう。そしてそのときに、それらの出来事はそれぞれ、必ず心身両方の世界において、良い意味で際立った何らかの現象として表れ出ているでしょう。

☆

さて、八三年の年明けからの二か月間に、翌年私が確かに目撃し、この身を以て体験することになる〈奇蹟〉の予兆でもあり、伏線ともなった一連の出来事が起こりました。このときから私の勤労環境に、自分の人生を、私という人間そのものを、根本から激変させる大事件を誘発する火種が、知らず知らずのうちに播《ま》かれていたのでした。

当時の団体Sスタッフの個別担当企業数を推定してみると、私のそれを一とすれば、参事Jが一足らず、会計主任Eが一・二ないし一・五、Gが〇・六といったところだったと思います。それに対して、専ら直接担当者の補佐をしていた二人の常勤女性スタッフは、F女史がEに限られた補佐をし、K夫人がJの補佐を五割、Eの補佐を三割、私とGとの補佐をそれぞれ一割ずつぐらいしていたでしょう。

しかし、その年明けにパートタイマーBが来たときから、直接担当者に対する補佐スタッフの割り振りに、私はとても疑問を持つようになりました。

常勤女性スタッフ二人をEとJとでほぼ独占するのなら、担当業務の重さからして、せめてパートタイマーははっきりと、私とGとに相応の割合で付けてもいいのではないか。そしてなるべくならば、年間を通してそんなパートタイマーを雇ったっていいのではないか。私には切にそのように思われ、たまの事務局会議等の機会には、やんわりとそのことを訴えてもみました。

すると、その場面では表向き私の提案が否定されることはありませんでした。だから私は自分の考えを、率先して実行しようとしたのでした。

ところが私の提案は、本音では誰にも受け入れられなかったし、私の行おうとするところは誰にも許されませんでした。多分、J一人を除いては。

そして、Gが行う仁義知らずの、己れの品性を顧みない振る舞いに対しては、みんな見て見ぬふりをしました。彼は、少なくとも私に向かっては露骨に、職務上の必要性を超えてパートタイマーBを独占しようとしたのでした。

Bは、三十代に達したばかりの美しい女性で、国鉄勤務の共産党員の配偶者があり、一児の母親でした。団体Sのパートタイマーとなったのは、夫と参事Jとの党員つながりによるものだったと思います。鈴の音色を含むような美しい声の持ち主でもあり、市会議員の選挙のときには党員候補の「ウグイス嬢」を務めたりもしていました。

彼女は、私やGより十歳ぐらいは年上だった二人の常勤女性にはない要素を持っていました。それは、若く美しい女性が特に顕著に醸し出す生命の輝き、即ち〈エロス〉という要素でした。

毎年最繁忙期ともなれば重たい空気が垂れ込め、暗い無彩色に覆われていたような環境が、彼女が来たことによって、その年は温かく明るい灯が点ったような感じになりました。

そう感じたのは、私だけであったはずがありません。少なくとも、妻子ある四人の男子全員が、同じ気持ちを抱いたのではなかったでしょうか。そしてそのこと自体は、特に誰の意志にもよらず、人の心の中に自然の摂理として起こった出来事であり、良いも悪いもあるわけがありません。

ただ、そういう状況下では、四人の男たち全員が徹底して紳士として振る舞わなかった場合、哀しい争いが起こってしまいます。皆が、「誰だって思いは同じだろうから、ここは皆に公平な当然のルールを俺は守ろう」と考えて、その考えを断固実践していく必要がある。少なくとも、そうあるように各人極力努力していく必要があります。

どんな集団でも、自分の欲望をコントロールできなかったり、失うことの恐怖に怯えて我を忘れた行動をとったりする者がそこに一人でもいたら、その集団の秩序と和はたちどころに失われ、代わりに混乱と苦しみがもたらされます。

そういう状況においては、時間の経過を経て自ずと秩序が回復していくのをただ待つのではなく、危機を自覚した一人一人が、強い意志を持って正義の実現を図っていかなければ、間に合わないかもしれません。特に、上に立つ者は皆に、人としての誇りを喚起するような号令をかけ、あるべきルールの遵守を促すべきでしょう。そして自ら手本を示していくのが、優れたリーダーというものでしょう。

私は、Bの発散する〈エロス〉の争奪戦が、ルールなき醜い争いになってしまうのは何よりも嫌でした。だから、自分にとって相当不利なルールでも、取り敢えず皆がそれを守るのなら、ないよりはあったほうがいいと思いました。即ち、もし、パートタイマーの補佐を受ける権利は全直接担当者に均等に四分の一ずつ、というのが誰にも文句のないルールであれば、潔くそれを受け入れようと思うようになっていったのです。

ただし唯一つ、私が一切の妥協を拒み、どんな困難な状況下でも挫けずに従い通した一つの道理がありました。それは、それが〈〈エロス〉を超えて）〈愛〉であるならば、この世に属する力や取り決めによってそれをどうともすることはできない、ということでした。

二月の下旬のことだったと思います。ある日私は、美しいBにいつの間にか自分が心惹かれるようになっているのと同様に、あるいはもしかするとそれ以上に強く、私の存在が彼女の心を惹きつけるようになっていたことを知りました。思いもよらないことだったけれども、彼女は私を想ってしまう苦しい胸の内を、たった一言を以てではありましたが言葉により明言したので、間違いはありませんでした。オフコン入力用に使われていた別室でたまたま二人、二台並んで置かれた機械に向かって仕事をしていたときのことでした。

そして彼女は机に顔を伏せて、ちょっとの間泣いたのでした。

それからのBは、事務局で働いていた三月半ばまでの期間中ずっと、強ばり蒼褪めた表情で私に対し非常に敵対的な態度を示す日々と、険が解け柔和な表情で素直な態度を取る日々とを、二、三日置きぐらいの間隔で繰り返しました。彼女の心は決してそれほど強靭ではなかったけれども、それでも彼女なりに必死に、自分の弱さに負けずに生き抜こうとしていたのだろうと思います。

無論私は彼女の名誉を思って、コンピューター室で私に示した彼女の言動のことを、誰にもしゃべったりはしませんでした。また、彼女のいるところで私が、職務上関わる他の異性と親し気に話したりするとき、彼女が辛い思いをしていることを知り、非常に注意深く振る舞うようにもなりました。

K夫人の手がすっかり空いたときには、タイミングが合えば私もたまには彼女に仕事を頼むことがありました。しかしBの心を知ってからは、私はすっかりK夫人の補佐を遠慮するようにもなりました。私が頼まなくても、他の三人の男子からの依頼が殺到し、彼女が仕事にあぶれることなどないだろうと思われたし、Bの手が全く空かない場合は、何としてでも全部自分でやってしまおうと私は覚悟を決めていました。

けれども、私の心を覚《さと》ったK夫人からは、当然憎まれるほかありませんでした。そしてまた当然、その憎しみはBに対しても向けられ、彼女を一層苦しめたのでした。

BとK夫人と私との関係の中に生じたそのような矛盾と葛藤は、EやGによって鋭く見抜かれざるをえませんでした。そして彼らは、そこから生じて血吹雪のように迸《ほとばし》る心的エネルギーを、自分たちの野心のために巧みに利用しようと図ってきたのでした。

彼らは屡々《しばしば》、K夫人の手が完全に空いているのを認識していながら、そして頼もうと思えば頼める状態にある仕事を抱えていながら、敢えて知らんぷりをして、彼女に補佐を依頼しないようになりました。私はさすがに見かねて、彼女に何がしかの仕事を頼んだこともありました。しかし、心傷ついたK夫人の憎しみは、その後いつまでも消えることがありませんでした。

またGは、K夫人がコンピューター室にいたりして、彼女に自分の発言を聞かれないような場面で、彼女のオフコン入力の手際の悪さや知識不足を、我々の面前で言い立てることがありました。私は一度彼に、「どうしてあんたが教えてやらんとナ（教えてやらないのか）」と言ったことがあったけれども、それに対しては、彼は何の釈明も反論もしませんでした。

確かに私は、K夫人に対しては恨まれても仕方のないことをしたと思います。そして、彼女がBに対して嫉妬心を抱いたとしても、それは人の心というもののごく自然な在り様であったろうと思います。しかし、人間のそうした自然な感情を弄んだり、敢えてそれを煽って己れの邪《よこしま》な野心のために利用したりすることこそ、最も不道徳であり、罪深いのではないでしょうか。ましてや人の上に立つ者は、集団内に已《や》むなく生じる矛盾や葛藤を最小限に止《とど》めるべく、絶えざる努力を決して怠らないようであって初めて、その存在意義があるのではないでしょうか。

しかし、権力の亡者であったEは、しばしの間職場に舞い込んできた〈エロス〉ですら、先ずもって自分のものであることを皆に承知せしめ、そのうえで、欲しい者には分け与えてやろう、と言いうる立場に立つことしか念頭にありませんでした。

またGも、何としてでもBという〈エロス〉の提供者に対する特権を手に入れ、職場内で、特に私に対して支配的な立場に立ちたかったのです。

二人は、その本心が根本的に権力志向であることにおいても、また他者の怨念にすら乗っかろうとする傾向があるという点においても、似通った性質を持っていました。

そして無論のこと彼らは二人とも、Bをこれっぽっちも愛してなどいませんでした。何故ならば、その後一年経ってから私ははっきりと知ったのですが、彼らはそもそも〈愛する〉能力を欠いていたのですから。

〈エロス〉が〈エロス〉に止《とど》まるかぎり、それは世俗的な力の支配や干渉を受けることを免れえないでしょう。〈エロス〉の存在している場が民主的な世界であれば、それは人々によって共有されたり、公平に分配されたりもするでしょう。

しかし、〈エロス〉が純化されて〈愛〉に昇華したときには、それは世俗の力やルールの埒内にはありません。いかに強大な世俗の力も、決してそれを意のままにはできないし、民主的な合意に基づけばどうにかできるというものでもありません。

ですから、〈エロス〉ではなくて〈愛〉を巡っての戦いであれば、全ては愛する能力の優劣によって決するでしょう。何故ならば、〈愛する〉とは〈与える〉ことであるからです。

それゆえに、愛することにおいて不能だった者たちは、私が持っていたその能力を恐れたに違いありません。実際私は、人を〈愛し〉始めていました。そこで彼らは、私の想いと意志とを直接打ち砕くことが難しいと覚ると、私の想いが向かう先にある〈エロス〉

の、〈愛〉に変身して自由へと飛び立とうとする懸命の試みを挫くことに、異常な執念を燃やしたのでした。まるで地獄の鬼の心にでも目覚めたかのように。K夫人も味方につけ、Bを囲い込み、私を孤立させようとするのが彼らの常套戦法でした。

だけど、それにしてもそんなことをする権利がどうして彼らにあったでしょう！

☆

〈愛〉はそもそも、〈真理〉の自己表出形態の一つなのですから、いわば深い瞑想の過程を経て限りなく純化されていけば、〈真理〉が持つような絶対的な強さと、聖なる価値を持つに至るはずです。

たった一人の人への想いから始まる〈愛〉も、生きとし生けるものを愛おしく思うような〈愛〉も、それが出てくる根本は同じなのではないでしょうか。だから誰でも、一人の人を懸命に、誠実に愛する体験を通して、〈真に愛する〉とはどういうことかを学んでいったらいいのだと思います。

もし人と人とが一つの〈愛〉を巡って戦うならば、その戦いの敗者には、モノをめぐる戦いの敗者に負けず劣らず厳しい運命が待ち受けています。モノをめぐる戦いの敗者は最悪のケースにおいては餓死に至りますが、〈愛〉をめぐる戦いの敗者も、最も悲劇的なケースにおいては魂の抜け殻となるのです。

この戦いに負けないためには、徹頭徹尾〈真に愛する〉ほかありません。〈真に愛する〉ことができなかった者が、この戦いに敗れます。〈真に愛する〉者の言行は、〈真理〉の力によって支えられるからです。

私にはまだ、愛のダイモーンは来ていませんでした。私の中には、まだDはいなかった。私は、強いて挙げれば人を愛することができること以外には、これといった取り柄も持たず、心には澱《よど》みを抱えた、平凡にすら満たない中年初期の男に過ぎませんでした。自分の弱さ、無力さを噛みしめながら、日々を生きていました。

しかし、〈愛〉を巡る戦いの勝敗はこの時点で既に決していて、幸いにして私はその敗者にはなりませんでした。思うに愛の神は、Eも、Gも、そしてK夫人も、このとき既に見捨てていた。けれども私は見捨てられなかったのです。

翌年に目撃した、〈愛〉を巡る戦いの敗者としての彼らの姿は哀れでした。魂の抜け殻となり、悪しき霊に操られながらこの世を生きる様は、おぞましくすら感じられるものでした。

私は、何度かは自問したことがありました。

〝私が彼らを破壊したのだろうか？〟

戦いに負けなかったことによって。〈エロス〉を〈愛〉へと羽搏《はばた》かしめたことによって。

答えは最終的に「否」でした。全て彼らが自ら選んだ道なのだ、というのが私の得た結論でした。彼らが壊れたのは、〈愛〉を手に入れるためには手放さなければならないものを手放さなかったからなのだ、と私は考えました。〈愛〉の次元に参入するためには抗《あらが》ってはいけないものに頑なに抗ったから、彼らは砕かれたのだと。

けれども、八三年の年明けから初春の時点では、一年後に顕《あら》わになる彼らの正体を、私はまだ知りませんでした。彼らが被っていた人間のヴェールを、あくまで本物だと信じていました。

ただ、Bが来たことによって職場に生じた大きく複雑な波紋に身を揺さぶられた結果、私は漠然とした不安を自覚するようになりました。

私は時々思うようになったのです。

〝このままだと俺は、ゆっくりと屠殺場に牽《ひ》かれていく牛なのではないか〟

その陰惨なイメージの中で、「牛」に鞭を振るって歩みを急かせているのがEで、うるさく付きまとい、油断するとこの身を刺して血を吸うウシバエがGでした。そして、この身の周りを付かず離れず、蠱惑《こわく》的に舞い続けているアゲハチョウがBでした。そしてまた、象徴的に言えば、団体Sの所属企業主たちは我々職員の命のオーナーであり、生殺与奪の権を有していたから、市場の競りでこの身を買い、いつかは屠《ほふ》って食するのが彼らでした。

団体Sという組織の深層的構造や、組織と自分との関係の本質について、私以外のスタッフがそれぞれどこまで自覚的だったかは分かりません。しかし、少なくともEは、そしておそらく党員スタッフGにしても、己れの心の深層には、私が覚えたのと根本的には同じ不安を抱いていたのではないでしょうか。

そしてそうであったからこそ、その不安から束の間でも目を逸らすために、彼らなりの「大義」を無理矢理でも拵《こしら》え上げて、攻撃の矛先を私へと向けていたのではないでしょうか。

八三年の春も、事務局は全体として無事法定期限内に、団体Sに所属する全個人企業の確定申告の仕事をなし終えました。そして三月の半ばを少し過ぎたある日、事務局会議が開かれ、もしBがそれを望む場合、彼女の雇用をその後も継続すべきか否かが議題の一つになりました。

私は、Bの継続雇用に賛成ではありませんでした。彼女自身がそれを望んだか否かは別にして、もし引き続き彼女が我々の職場に留まることになった場合、おそらくEもGも、不道徳で罪深い行いをずっとやり続けていくに違いないと思われました。そしてK夫人も、地獄の環境のなかでますます自分を見失っていくだろうと。するとそうなった場合、私には到底、独りでそんな成り行きを変えられる自信などなかったからでした。

私はその後二度と、Bに会うことはありませんでした。

5 ダイモーンの飛来と〈火〉によるわが〈懐胎〉

「キリスト」や「如来」と呼ばれるに相応しい何者かが、具体的な人格として実際に地上に存在するとすれば、彼（彼女）の中には〈真理〉が宿っているはずです。それは、少なくともこの地上に生きとし生ける者全てにその生命の形を与えているような、大いなる神に由来する〈真理〉でしょう。

それと同時に、彼（彼女）の中には同じ神に由来する、一切衆生《いっさいしゅじょう》へと向かう不滅の〈愛の火〉が強力に燃え続けているはずです。そもそも「キリスト」や「如来」という名称は、生ある者からその苦しみを取り除く愛（「悲《ひ》」と呼ばれます）の具現者の呼び名に他ならないのですから。

今から約二千年前に、ユダヤの地であのイエスに降りたダイモーンも、〈真理〉の形成に直接関わる偉大な神であると同時に、最も高次の愛の神だったのではないでしょうか。イエスの言行とその身に起こった悲劇とを伝えている『福音書』を読むかぎり、私にはそのように思われます。

しかし、愛の神の子である〈キリスト〉を宿したイエスは、宿してからたった数年間しか地上に留まることができませんでした。〈恐怖の原理〉を司《つかさど》るダイモーンの手先たちによって、地上の法が極めて恣意的に運用され、犯罪者として処刑されたのです。まさに、〈愛の原理〉の統治する世の到来を恐れた卑怯者たちによる、不当で惨《むご》たらしい、虐殺と呼ぶべき処刑でした。

その短い期間にイエスが、神の要請を受けて行ったことは、〈キリスト〉が自分の中にいる、神の子が人々の目の前に現に存在しているという事実を、身命を賭して人々に知らしめることでした。そして、それゆえに〈キリスト〉の父である神の存在することに疑問の余地はないと、神の関与を暗示している様々な卓越した言行を人々に示しつつ、一人でも多くの人を揺るぎない信仰へと誘うことでした。それが〈キリスト〉としてのイエスの仕事でした。

生身の身体としては無念の、非業の死を遂げたイエスでした。しかし、その死によって〈愛の原理〉が〈恐怖の原理〉に最終的に打ち挫かれたと信じたのは、一部の者たちに過ぎませんでした。彼の死から二千年経った今もなお、最終決着は未だついていません。

ところで、〈キリスト〉として生まれ変わったイエスが発した言葉を、聞く耳を持って最初に聞いた人は誰だったのでしょう？　神の子とて、神に促されて発する〈真理〉の自己表出としてのその言葉に耳を傾けてくれる、最初の一人を見出すことができなかったとしたら、何千年後の人の世にすら大きな影響を及ぼし続ける、その偉大な事業の第一歩を踏み出せなかったはずです。

きっとイエスはある日ある時、子供のように純真で、生き生きとした好奇心に満ちる最初の聞き手に巡り合ったのではなかったでしょうか。何の偏見も先入観も持たず、したがって一切の無用な恐れを抱くことなく素直に自分の言葉を受け止め、受け入れるべきことを受け入れてくれる、そんな無垢の魂と出会い、まず彼自身、救われる思いをしたのではなかったでしょうか。

それにしても、〈キリスト〉となった者にとってすら、自らがそのような者であることを、言葉だけの力によって証明することはできなかったのではないでしょうか。もし彼にそれが可能だったとしたら、彼を裁き、殺すことなど何者にもできなかったはずです。そこには言葉というものの、そもそもの限界があるように思います。それゆえにこそ神が、人々の眼前でイエスに様々な奇蹟を実現させ、自分の子を助けたのではなかったでしょうか。

イエスが〈キリスト〉であったことが、『福音書』と呼ばれる書物によって客観的な立場から証言されたのは、早くてもイエスの死後何十年も経ってからのことでした。

マルコ、マタイ、ルカ、ヨハネら『福音書』の作者たちはおそらく、イエスが、一般的に「預言」と呼ばれた、自らが〈キリスト〉として発した言葉の最初の傾聴者に巡り合ったときと同様、神の計らいに導かれて最初の読者に巡り合ったのでしょう。

もし『福音書』の作者たちが、最初の一人との縁を得られていなかったとしたら、今日のキリスト教は存在していなかったはずです。それゆえ、ある意味においてその最初の一人の読者が、イエスの悲劇を人々の幸せへと逆転させたとさえ言えるのです。

言うまでもなく、私はこれから新しく興る宗教の始祖でも、何千年後の世に残るような名著の作者でもありえません。ただ偏《ひとえ》に、〈愛の原理〉により統治される世の実現のために、何惜しむことなくこの身命《しんみょう》を活用したいのです。

〈キリスト〉を擁したイエスの身体が、地上において劇的な働きをした期間はあまりにも短いものでした。しかしDを要したこの身体Hは、未だ生命を保っています。ただ、ずいぶん弱りはしました。悲しいかな、Dの本質が発現する度合いはめっきり減少し、神に由来する愛がここから放射されていることに気づかれさえしないような、見る影なき乗り物になってしまいました。

けれども私はこの身体のあるうちに、せめてわが渾身の〈福音の書〉を書き上げたいと思うのです。

であれば、私は生涯において、身体としてのイエスが果たした役割に加え、『福音書』の作者たちが果たした役割をも果たさねばならないことになります。無論、これまでに私の為した全てのこと、今後残りの命と引き換えに為すつもりでいることなど、イエス自身やその優秀な弟子ないし帰依者たちが成し遂げた業績に比べれば、比べること自体おこがましい、ちっぽけなスケールのものではありますが。

しかし一つだけ幸いなことに、Dを擁したこの身体は、〈キリスト〉を擁したイエスの身体が地上に生きられた期間に比べ、既に十倍もの年数を生き延びることができました。そのおかげで漸く、Dについて必要最小限度のことでも伝えられる言葉を獲得できたのです。この身体をここまで使い切って初めて、〈愛の原理〉の伝道のために必要な手立てを調《ととの》えることができたのです。

☆

八四年一月四日、新しいパートタイマーIがやって来ました。多分、職業安定所を介して来たのではなかったでしょうか。だとすると、彼女の履歴書に目を通し、形式的にでも面接を行って採用を決定したのはEだったはずです。だけど、他の平スタッフはどうだったかはっきりしたことは分からないけれども、少なくとも私は、どんな人材がいつから来るのか、否、その年度の一月から三月半ばの期間にパートタイマーが実際に採用されるのかどうかさえ、はっきりとは聞かされていませんでした。

Iもやはり三十代前半の既婚女性で、一児の母親でした。そして履歴書を見たEの触れ込みによれば、独身時代は銀行勤務をしていて、経理事務に関する能力は抜群であるということでした。

実際、彼女の能力は優れていました。我々が自分の仕事の手伝いを頼む際、彼女に対しては特に指導をしたり、あれこれ細かい指示をしたりする必要がなかった。そのうえ彼女はハキハキとしていて明るく、周囲への気配りも申し分ない女性で、ちっぽけなうえに空気の澱みがちな我々の職場などに来るには、もったいないように思われるほどでした。

先回りして言ってしまうと、Ｉはその年の二月いっぱいで我々の職場を去ったので、客観的な事実だけを言うならば、彼女と私との縁は結局わずか二か月間の、単なる職務上の関わりに過ぎませんでした。しかし、彼女との出会いがなかったならば、私程度の者に対する愛のダイモーンの甚だ深い関与もまたなかったかもしれないと、即ち、こんな私がＤを懐胎することなどありえなかったかもしれないと、振り返って思うのです。

私は、Ｉが去ってからも何か月間かは、彼女が私に神を連れてきたに違いないと思い込んでいました。何故ならば、そうでなければ、自分のような者が愛の神に選ばれるわけが分からなかったからです。

事実がそうではないことを覚ったのは、だいぶ後になってからのことでした。それでも少なくとも、彼女との出会いが私に愛のダイモーンとの深い関わりのきっかけをつくってくれた、ということは言えるのです。私は後に私だけの世界の中で、古代エジプトの偉大な女神の名称から採った「イシス」という号を彼女に贈り、あれから三十年以上経った今も、彼女への感謝の念を抱き続けています。

事務局の仕事始めの朝の九時、簡単な新年の挨拶を交わしてから、各スタッフがまさに自分の仕事に取り掛かったそのとき、「明けましておめでとうございまーす！」という大きな挨拶の言葉と共に、Ｉは事務所に飛び込んできました。

唯一彼女と一面識があったかもしれないＥは、事務局の実質第一人者になってからは出勤時間がだいぶ早くなってきてはいたけれども、九時に出てくることは先ずありませんでした。したがって仕事始めのそのときも、その場にいませんでした。そのため皆がキョトンとしていると、彼女は我々のそんな表情を見て自分が何を為すべきかを即座に判断し、間髪を入れず、自分が何者で何をしにここに来たのかということを、スタッフ全員に向かって堂々と説明したのでした。前年度のパートタイマーＢが、自分の置かれた同様の状況下、夫を介してよく知っていたＪだけが頼りといった風情で、その隣に席を貰って終始俯きながら小声でしゃべっていた様子とは対照的な、溌溂たるＩの姿勢でした。

私が観察したかぎりでのＢは、決して外交的な性格ではなく、少なくとも表向きは大人しい女性でした。彼女の発散した〈エロス〉は一冬の二・五か月間、年間最大となる職務上の重圧と闘わねばならなかった我々の心を確かに温め、癒してくれました。けれども彼女は、太陽のように強い輝きを放つタイプの女性ではなかった。

しかし、事務局の新たなマドンナとなったＩが〈エロス〉を放射する仕方は、まさに太陽のようでした。彼女は、重くなりがちな職場全体の空気を、弾けるように明るく、輪郭がはっきりしていて力強いその心の色に、自分の意志一つによって常に染め変えていこうとするかのような覇気を持っていました。実際、彼女が一人そこに加わったことによって職場空間が俄然活気づき、季節を超越した熱気に充ちるものになりました。

彼女の積極性は、尊大さを伴ったり身勝手だったりするものでは決してなく、節度がわきまえられ、人への思い遣りが根底に据えられていたと思います。だから私ばかりでなく、性別にかかわらず誰もが、そんなＩに最初の一日にして魅了され、すぐさま彼女は職場の宝物になったのでした。

昼休みには、弁当を食べながら、Ｉを中心とする雑談の輪が広がりました。銀行ウーマンだった彼女が提供する話題は皆にとって新鮮だったし、逆に彼女が事務局のことや各スタッフに対して示す生き生きとした関心が、皆の心をいつも必ず何がしかは開きました。それは、人の心を束の間でも最大限無邪気にし、何の悪意も計算も含まれない言葉をどんどん引き出していったのでした。ただその場の明るさを保つことに何としてでも貢献したいだけか、あるいはせいぜい、「自分はこういう人間なんだ」ということを単純に彼女に知ってもらいたいというだけの動機で発せられる言葉を。

Ｉがいつも人への対応の仕方において積極的で、自信に溢れていたのは、第一には自分の持って生まれた恵まれた天分に対する信頼のゆえであり、また後天的に培った様々な技量に対しても、並々ならぬ信頼を寄せることができていたからだと思います。

Ｉが事務局に来ることになったそもそもの動機は、第一には、聞いたところでは鳥栖の「名家」の跡取り息子に嫁いでいたらしい彼女が、多分、自分の自由に使えるお金を稼ぐためだったのでしょう。けれどもそれと同時に、会計学の分野における自分の天分がどこまでのものなのかを見極めたいという思いが強く、腕を磨きに、あるいは腕を試しに来たようなところがあったように思います。

二月に入ってからの、ある日の昼休みのことでした。弁当を食べ終えて、スタッフ全員がまだそのまま事務所に留まっている中、一脚だけ北側の窓際に置かれた事務机に向かって座っていた私の横にＩが来て、言葉をかけてきたのでした。一ページにわたって記載された日商簿記一級の模擬テスト問題を見せ、「分からないから教えてください」と言うのです。

簿記も一級となると、専ら公認会計士や税理士を目指す人たちが学ぶ領域で、実は私は学んだことがありませんでした。普通高校を出て大学は（何一つ学ばなかったけれども）法学部の出身だった私は、そもそも団体S事務局に就職するまでは、簿記や会計学に関するどんな初歩的知識も有していませんでした。就職後、必要に迫られて経理専門学校に毎週一回、一日二時間の勉強をしに一年間通いはしたものの、その期間に私が習得したのは二級レベルまででした。

しかし、そのとき、皆が見つめているあの状況下で、敢えて堂々と私を名指しして「教えを乞う」姿勢を取ったIの勇敢さに、私は強く胸を打たれました。そして、自分に対して向けられているこの熱い想いに何とか応えなければ、と思わざるをえませんでした。少なくとも、逃げるような卑怯な姿を見せて彼女を失望させるわけには、それどころか彼女に恥をかかせるわけにには、絶対にいかなかった。

そこで私は、一連の問題をざっと一読し、最善の対応の仕方として、「今スラスラとは答えられないから、持ち帰って今夜考えてきていいですか」と彼女に答え、実際その通りにしたものでした。翌日彼女に与えた私の苦心の「模範解答」に、果たして間違いがなかったかどうかは分かりません。

Iという女性が団体S事務局に与えた無形の影響に関し、ここまでは物事の表層部分について、いわば昼間の様相に限って述べてきました。

しかし一日には昼の時間帯と夜の時間帯とがあります。その日太陽が東の地平線から昇って西の地平線に没するまでの時間を「昼」と呼び、残りの時間を「夜」と呼びます。けれども人の心の様態としての昼と夜は、必ずしも時刻によってくっきりと境界が定まるものではありません。

真昼の時間帯の深層にも漆黒の闇は存在していて、極めて注意深く働いている意識には、闇に隠れ潜む肉食ないし吸血性の生き物たちの不気味な息遣いが感じ取れるでしょう。逆に、夜の時間帯の中にもいわば太陽の種子が常に存在していて、そこに偶然たった一人の来客が訪れたりするだけで、たちまちにしてその空間にパッと真昼の陽光が差すこともありうるでしょう。

昼間でも、Iがすぐそこにいる空間だけに日が差し、彼女がコンピューター室にいるような状況では、事務所本室は日陰であり、それは夜の闇に準ずる空間でした。したがって、そこでは人の、「人間」のヴェールの下に隠れている人間以下の本性が露呈しやすかった。

それでも、太陽のように〈エロス〉の輝きを放つIがいた冬の期間中、団体S事務局全体の人の心の昼と夜とは、地球の自転によって生じる昼と夜とに概ね重なっていました。事務局の一応の決まりは、午前九時出勤、午後五時終業で、その通りの勤務をしていたパートタイマーIが事務所にいる昼間の時間帯は、スタッフが表出する心の内容も全体として明るかった。そして彼女が帰った後間もなくして鳥栖の経度が闇に覆われると、決まって人の心の中にも夜が訪れるのでした。

特にその年の一月十七日以降は、ダイモーンの児Z（D）を懐胎した私にとって、夜の帳《とばり》が降りてからの事務所での数時間は、覚悟を決めて危険に身を晒しているほかない、恐怖の時間帯でした。EとGとが露《あらわ》した正体は闇を好む吸血性の生き物であり、反対に胎児Zは、闇を恐れ嫌う性質を持っていたからです。

当然のことながら、EとG、それにK夫人も含めた三人は、Iのいる〈昼間〉の空間では自分たちの正体を決して顕わにはしませんでした。特に私が彼らと同じ分割空間内にいるとき、そこにもう一人Iがいるかいないかで、彼らは全く別の人格に豹変しました（ただし一月十七日まではまだはっきりとは彼らの正体を知らなかったけれども）。〈昼間〉の理性で判断するならば、〈愛〉へと進化する可能性を秘めた〈エロス〉の争奪戦において、彼らはあまりにも早々と敗北の恐怖に駆られ過ぎたように思われます。そのために彼らはほとんどIが来たその日から、強張った暗い表情を彼女に対しては隠しながら、私に対して先制攻撃を仕掛けてきたのです。Iが恵み与える〈エロス〉を共有ないし公平に分配する道を求めようとするのではなく、まず私一人を排除しておこうと掛かってきたのでした。

それは一見、私にとって完全に、前年同時期のデジャ・ヴを見ることに他なりませんでした。

しかし、実はそれ以上のことが起きていたのです。〈昼間〉の世界でこそよく働く理性が苦手とする〈夜〉から〈夜〉を繋いで、私が全く気づかないうちに、まさに闇の世界の中でしか起こりえず育ちえないおぞましい出来事が、深く静かに進行していたのです。

いつからだったのでしょう？　驚くべきことに、EとGとの二体の生き霊が、なんと私の魂に憑依《ひょうい》し、血を吸っていたのでした！　別の表現をすれば、二つの穢《けが》れた意識が私の心身に寄生し、生命のエネルギーを奪っていたのでした。

自分自身を棄てて逃げ去るほどに、どうして彼らは臆病だったのでしょう？　何をそこまで恐れる必要があったのでしょう？

思うに彼らは、〈愛する〉ことにおいて不能である自分自身をまず直視することを、そして、そのような自分自身と対峙することを恐れたのではなかったでしょうか。

☆

ヤマビルは陸上生活をするヒルで、専ら山間部の谷間に棲息しています。私が四、五年前の夏に一回だけ遭遇し、脚に吸い付かれたことのあるそれは、三、四センチメートルほどの長さで、色は茶色っぽく、縦の縞模様が入っていました。

調べたところによれば、体の前と後ろの腹面に吸盤を持っていて、尺取虫のようにして移動し、後ろ吸盤を地面に付けて伸び上がり、頭を振り回してホスト（吸血する相手）を探るそうです。温血動物の体温や、吐息中に含まれる炭酸ガスなどを感じ取って、その存在を察知するのです。樹上に待機していて、下を通りかかったホスト候補の体目がけて落ちかかることもあります。

実際、私が近所の低い山の山道を散歩中に襲われたのも、この樹上からの静かなる攻撃でした。敵は露出していた私のふくらはぎに落ちかかり、接触すると同時に吸い付きました。微かにヒヤリとした感触があったのを、水滴が掛かったのだろうと、私は一瞬錯覚しました。しかし、無意識的に手で触ってみると、その部分に何かグニャリとしたものが貼り付いていることが分かり、目で見て漸く、それが新聞などによって知っていたヤマビルであることを認識したのでした。私はすぐ、敵の前後の吸盤の間に人差し指を入れて、相当な力で引き剥がそうとしたのですが、なかなか剥がれも、ちぎれもしないその逞しさに、少々ゾッとしたものでした。

彼らは、温血動物の血液に含まれる化学物質を摂取しないと性的に成熟できず、繁殖が可能でないのだといいます。だから、主として山の獣たちをホストとして血を吸うのです。そして、一旦吸い付いたら、満腹に達するまで一時間にも亘って吸血し続けるそうです。血液の凝固を妨げる成分を出すため、ホストは吸血されていることに気づかず、しかも、その後いつまでも出血が止まらないそうです。

また、ウシバエは、稀に日本にもいるそうですが、私は実物を見たことはありません。

元からわが国に生息していた生物種ではなく、外国からの輸入牛に寄生する形で入ってきたようです。

これについても少し調べてみたのですが、体長一・五センチメートルぐらいの大きなハエで、黒色の体には黄色の長毛が密生しているそうです。このハエの幼虫（ウジ）は、「牛バエ幼虫症」というウシの伝染病の原因となり、わが国の畜産農家の被害例もあるといいます。

ウシバエはウシの毛に産卵するのですが、大きくて重たいために直接産卵することが難しいらしく、他種のハエやアブなどを捕え、いったんその腹部を借りて行います。

卵はウシの体温により一週間足らずで孵化してウジとなり、ウシの皮下に潜入し、十か月ぐらいの長期間、寄生生活を送ります。そして成熟すると、ウジたちは一斉にウシの背中の腰のあたりに移動して、そこに瘤をつくり、最後は皮膚を破って宿主から脱出します。その後は地中に潜って蛹《さなぎ》になり、四週間ほどでウシバエの成虫として羽化します。

彼らが脱出したところには孔が出来、膿が出たりもするそうです。寄生されたウシは当然、痛みや痒みなどの不快感を覚えるに違いありません。また、彼らの体内移動がウシの体組織を傷つけ、神経麻痺等の障害を惹き起こすこともあるといいます。

「人間性」を失って、「吸血性」や「寄生性」が顕わになるところまで転落した人間たちがいたことについて、私はここまでに再三語り及んできました。その際、私は思い浮かべる彼らの醜い生き様にこうした種類の生き物たちのイメージを重ね合わせつつ、語ってきたのです。

年明けから二週間、身体の健全をやっとのこと保っているような忙しさの中、私はもはや、胸の奥に滾《たぎ》り立つ当然の人間的欲求を、それ以上抑え込んでおくことができなくなっていました。

まず、自分が〈人間〉として潰されず生き抜くために、私には一つの〈構想〉が要りました。自分を、即ち〈人間〉を防衛するための。そして、私はその〈構想〉の中心に、Ｉという存在を置いてみたのでした。

申し分なく優秀な新パートタイマーが、私に夢を見せたのでした。彼女がずっと我々の職場に留まり、彼女自身の良心に従い公平な立場で、私たちの仕事を手伝ってくれないものか……？　尊敬に値する彼女の正しさと強さこそ職場にとって、そして自分の〈構想〉

にとって絶対に必要なものだと、私は希望に燃えて確信したのでした。

しかし、所詮凡夫が現世に想い描く夢が、純粋に〈愛〉のみによって成り立っていることはありえません。そこには必ず何がしかは、自分の〈欲望〉でしかないものが含まれています。だから、私がそんな夢の実現に向かって突き進もうとすればどうしても、職場環境を構成する人々の性質が仮にもう少し違っていたとしても、何の抵抗にも遭わずに済むということはありえなかったでしょう。

実際、私は夢を抱えていた二か月間、尋常ならざる抵抗に遭いました。その激烈さたるや、例えば私の背骨や頸椎を不可逆的に捻じ曲げてしまうほどのものでした。そして私には、何故それほど強力で執拗な抵抗が自分の思うところ、行うところに対してつきまとうのか、その理由をなかなか理解することができませんでした。したがって、その正当性を承認することもできませんでした。

公平なルールが敷かれ、それが尊重されている環境下では、平和で豊かな人間関係が自ずと培われていくはずです。けれども、そうなることを恐れ嫌う者たちがいたのです。正当性や必要性のない権力を志向したり、不遜で歪んだ己れの欲望を第一に追求したりしたいがために。

言うまでもなく、EとGのことです。彼らは、敢えて環境を歪めなければ自身が真っ当なそれに適応できないほどに、既に心の歪んでしまった人たちでした。もっと露骨に言うならば、まともな人格が歪《いびつ》な環境に躓《つまず》き搦《から》め捕《と》られて流す血を吸って、己れの活力を得ている人たちでした。それも常習的に。即ち、彼らの正体は〈吸血人間〉と呼ぶほかないものだったのです。

Gは共産党員であり、Eは逆に日頃盛んに反共産主義的言辞を弄していたけれども、その人間が果たして真に人間の名に値するか否かを判断する際には、そんな表面的な違いは何の意味も持ちませんでした。敢えて意図して矛盾を作り出し、その結果生じる人の苦しみから利益を得て生きている者のことを、私は〈吸血人間〉と呼んでいます。人がその〈吸血人間〉であるかないかは、常日頃その人がどのような主義主張を外に向かって打ち出し、また周囲によってどのような思想信条の持ち主として認められているのか、ということとは何の関係もありませんでした。

事務局の一つ外側には団体Sを構成する二百何十の企業群があり、その一つ一つが我々職員の雇用主たる立場にありました。そして各企業主にとって各担当スタッフは、自分たちの支配欲や所有欲といった欲望の対象である側面が、大なり小なり確かにあったと思います。だから彼らは一般的に、自社担当のスタッフに対して専ら肩入れをして、それ以外の職員に対しては概ね無関心でした。勿論そんな中にも、思い遣りある企業主と無慈悲な人とはあり、賢明な企業主と愚劣な人ともまたありはしましたが……。

少し前に私は、自分を屠殺場へと続く道を牽かれていく牛に、企業主たちを「肉」としてのこの身の買い主に譬えました。けれどももう一つ、自分の置かれた惨めな状況をせめて客観視することで自らを救済しようと、頭の中にしょっちゅう描き続けていたイメージがあり、今もそれを憶えています。

それは私たち職員は、譬えるならば古代ローマのコロッセウムで、そもそもはお互い殺し合わねばならないような恨みなど何も持ち合っていない者同士が、観客に残虐な快楽を提供するために、どちらかの死に至るまでの戦闘を強いられたグラディエイター（奴隷闘士）である、というものでした。企業主たちの中にある無慈悲な性質、残忍性が露骨になるような状況では、特にその譬えが当てはまりました。

そして私のイメージの中で、戦いのルールは必ずバトルロイヤル（三名以上の闘士が同一戦場で戦い、勝ち残った者が勝者となる戦い方）と決まっており、私はいつも結束した六人と戦わなければなりませんでした。

企業主たちは全体としてどうして、職員をどんな場合にも飽くまで〈人間〉として遇するという精神に欠けていたのでしょう？　たとえ誰に対してであろうと、どんな状況下においてであろうと、必ず人を人として扱う道を知らない人こそ、却って〈人間〉と呼ぶに欠けたところのある者だというのに。古代ローマの時代から今までのうちに、人の心は〈人間〉らしい方向へと何ら進化してこなかったのでしょうか？


人が人として遇されない職場空間は、必然的に地獄化します。ただし、そのときに人間性を失ってしまうのは、あまりにも無惨に苦しさに屈してしまったワーカーだけではありません。自分が何をしているのか薄々でも分かっていながら人を非人間的に扱った雇用主のほうも、一人の例外もなく人間性を失うはずです。しかし哀しいかな、少なくともその当時の団体Sには、そのことに思い至るだけの知恵が、全体として全然足りませんでした。

EとGは、地獄の中に地獄を造り出すことによって自分たちの苦しみを緩和する術を、身につけていました。自分たちが不用意に、あるいは自覚して犯した罪過を、平気で他人になすり付け、当然受けるべき過ち相応の報いを、常に免れ続けていました。

私の見る限り、他人を誹謗中傷したり、デッチアゲを言い触らして陥れたりすることに対して、彼らは己れを恥じる気持ちなど全く持ち合わせず、一かけらの良心の呵責も感じていないように思われました。

そして、そうした卑怯な攻撃のターゲットは段々と私一人に絞られるようになっていき、その作戦が功を奏するかぎりで、彼らは自分の担当企業の企業主との間に、あるいは団体Sにおける有力企業主との間に、円滑な、ないし密接な関係を築くことができているようでした。働きの割に報われていないない苦労人、良心の人、正義の人という評価すら、彼らは勝ち得ていました！

しかしその一方で私は、彼らが不法投棄する汚物の処理場の役割を務めさせられていたのです。そして、やがてダイモーン由来の異次元の〈火〉が私の中で燃え始めてからは、事態はいっそう進行し、彼らは一部の性質の悪い企業主たちをも巻き込み、私を強力ゴミ焼却炉としてふんだんに利用しようと掛かってきたのでした。

☆

それが起こったのは、一月十七日の、とても静かな午前十時頃でした。

確か火曜日だったその日九時の始業時点から、思うところあって私は初めて、独り他のスタッフたちに対して背中を向ける格好で、北側の壁に接して置かれた机に向かって仕事をしていました。それは本来パートタイマーへの臨時対応として、四日の日からそのように置かれていた机でした。しかし私は、仮にIが勤務時間の半分はコンピューター室にいたとしても、約二週間、振り返らなければ皆の表情を見ることができない位置で、毎日何時間もの仕事をし続けてきている彼女の背中に、寂しさに耐えているような様子を何度も垣間見ていたのです。それゆえ、前の年に二か月半同じ場所をあてがわれていたBのことを思い起こし、どんなに強く見えるIでも危険かもしれないと思い、その朝一番に彼女に申し出て席を替わってもらっていたのでした。

私はIの心根に尊敬の念を抱いていたので、それがEやGの冒されている穢れによって芯まで汚染されるようなことになったら、自分が到底耐えられないであろうことが分かっていました。出会いからたった十日余りのうちに、空から様子を窺っていた愛のダイモーンの導きで、私は彼女を愛するようになっていたのかもしれません。けれどもやはり、そこには大きな危険が潜んでいました。

彼女に対する私の想いが先ずあり、それが働きかけて、彼女の中にも私に対する特別な想いが萌《きざ》し、そして段々と成長していったのではないかと思います。そして、そこからはお互いの想いがどんどん純化されていって、〈愛〉と言いうるものへと限りなく近づいていったのでした。

けれど何しろ、二つの心を繋ぐ紐帯《ちゅうたい》はまだ生まれたばかりで、至って未熟なものでした。だから、それぞれの心の中で相手の存在の重みが増せば増すほどに、〈愛〉に対してことさら無理解で不寛容な環境の中では孤独と不安に耐え切れなくなり、それは壊れやすかったのです。心と心の絆が傷を負えば二つの心は血を流し、もし絆が断ち切られてしまった場合、〈愛〉は大量出血をしたうえで死にます。

EとGは、彼らの正体である〈吸血人間〉の本能に従って、的確にそこを衝いてきました。私とIとの間に、考えつく限りの無用の障壁を築き、気丈な彼女の心理にも生じざるをえない孤独感に乗じてその心に付け入り、彼女の中の私を弱小化させることに、日々血道を上げたのです。そうすることで必ず、自分たちの活力源に、即ち人の心が流す血にありつけることを、彼らはその忌まわしい本能によって知り抜いていたからです。またしても、人の世のささやかな稔《みの》りとして形を成そうとしていた一つの〈愛〉が、絶体絶命の危機にありました！

心の〈昼間〉の時間においては誰もがIの味方で、正面切って彼女に仇を為そうとするスタッフなどいませんでした。会計の仕事に関しては事務局の誰にも負けない実力を持ち、自分の思いや考えを的確に堂々と伝えられる賢さと強さ、そして何よりも正しさを併せ持っていた彼女が相手では、下手なことをすれば自身が惨めな思いをすることになりかねまい、とそれぞれ思っていたことでしょうから。

しかしその反面、Iの心の中でこっそりと育っていた私への想いに味方する者は、無論一人もいるわけがありませんでした。それは、たとえどんなに愛の神の心には適うものだったとしても、配偶者を持つ彼女にとって決して表に出すわけにはいかない想いだったはずですから、きっと彼女は、何としてでも周囲に自分の心の中を覗かれまいと努めたことでしょう。

けれども、聡明な彼女がどんなに完璧に振る舞ったとしても、誰にも想いを覚られないままでいることは所詮無理というものではなかったかと思います。何故ならば彼女は、その人間的な魅力のゆえに全スタッフの関心を惹き付けていたのですから。

ましてEやG、それにK夫人らは、〈エロス〉を巡る前年の仁義なき戦争に、自分たちのほうから仕掛けておいて本当のところは負けた、という心理的トラウマを抱えていました。そのため、Iが初出勤してきた四日の日以来、人の心に訪れる〈夜〉の次元では、吸血性の生き物としての全神経を集中して彼女の心の動向を窺いつつ、同時に私に対しては、すぐにそれと分かる先制攻撃を早々と仕掛けてきていたのですから。

一年前に前任のパートタイマーがどんな目に遭ったのか、そして自分が〈夜〉の闇の中からどのような意図を持って注視されているのか、無論I自身は何一つ知る由もありませんでした。彼女は、小さな職場の中でのことではあっても自分が「華」として扱われる、人々の〈昼間〉の意識を心地よく感じ、皆との関係がそのように良好なままであり続けることを願いながら、日々の勤務を果たしていたことでしょう。

しかしそれゆえにこそ、スタッフの一人に対する秘すべき想いが胸の中で膨らんでいったとき、本来強かった彼女の心も、生じた葛藤によって力を殺《そ》がれて不安定なものになっていったことでしょう。それでも彼女は必死に、未だか弱い心の絆を頼りに、一度生じた胸の想いを誰にも踏み躙《にじ》られないよう護り抜こうとしていただろうと思います。しかしそんな彼女の健気な抵抗は、〈昼間〉の世界では紳士・淑女然を装っていた三人によって、見えない〈夜〉の次元から連日容赦ない攻撃を受けたのでした。

醜悪な目論見が成功してしまうかもしれない、という大きな不安を私は感じていました。心の底では軽蔑し合っていた者たち同士が結託して、Iの心から私を追い出し、虚偽を吹き込んでその純白性を汚し、そこを自分たちが〈昼間〉潜んで安らげる場に、魂に及ぶ自分たちの穢れの格好の隠し処に、作り変えようとしているように推測されたのでした。

私はもっとIを、彼女の心の強さを、とことん信じ切っているべきだったのかもしれません。そうだとすれば、私は小さな度量しか持ち合わせない男だったということです。弱虫だったのです。

だから、何もできず、ただ己れの無力を思い知ることの辛さを、しみじみと噛みしめる以外に道が無かったのです。自分の愛する人がその魂に関わる重大危機に瀕していると、独り認識していながら……。

その日その時、私は、次から次へと猛烈な勢いで個人企業の決算を確定させていく仕事の一コマに、ただ機械のように取り組んでいるだけでした。心の中は、もはや空っぽでした。Ｉに訪れている危機をどうともしてやることができない、ということを認めざるをえなくなった自分自身のピンチに、自我が対処し切れなくなり、ほとんど機能停止に陥っていたのです。

私の自我は既にＩという存在を、かけがえのない〈希望〉として承認していました。コロッセウムで命の遣り取りをさせられるグラディエイターにとっての、心の救済者として。だからそれを失うまいと、自我は己れの全存在を賭けて懸命に働き、しかしながら敗れ、却って〈絶望〉を知って、たとえ一時的にであったとしても〈死んだ〉のでした。

ふと背筋を伸ばして顔を上げると、窓から冬の澄み切った青空が見えました。

そして、その瞬間でした！

信じ難い奇蹟が、それも私自身を中心とする座標空間の中で起こったのです。

まさに〈神〉と呼ぶほかないであろう姿なき存在が、この身をめがけて突然空から舞い降りてきたのです。それも、こんな凡人の私には有難迷惑過ぎるような、ある途方もない贈り物をするために。

降りてきた神が私を抱擁すると、私の全細胞にその愛が浸透しました。そして私は間違いなく、自分の魂に神の贈り物を授かったのです。それは、その実質が桁違いに強力な

〈愛〉であるに違いない、〈火〉でした。私が何ら燃料を補給するわけでもないのに、何十日でも何百日でも、否、現に何十年経っても終息せずに燃え続けているような、不思議極まりない〈火〉でした。その時点で三十五年生きてきていた私にとって、そんなものがあろうなどとは想像だにできない代物でした！

ただしそのときの私が、出来事をこのように言語化して、分析的に捉えていたわけではありません。私はそのときただ、かつて知らない強烈な身体的爽快感を伴う、理由の分からない深甚な幸福感に浸っていただけでした。

そして私は、今度は自分の外側に、やはりかつて見たこともない、別の不思議な現象をこの目で見たのでした。私から数メートル離れた真後ろと、左側後方とで事務を執っていたEとGとが、突然震え、蒼褪め、低く呻きだしたのです。私は非常に特殊な気配を感じ、軽く俯きながら首を捩《ね》じって、そんな彼らの姿を確かに捉えたのでした。

その光景を見て、私は即座に覚りました。「生き霊」と呼ぶべきか、悪しき想念としての彼らの存在が、いつに始まったことだったのか、自分たちの本来の居所からさ迷い出て、たった今までこの私に憑依《ひょうい》（寄生）し、恣《ほしいまま》に私の生命力を盗み取っていたことを。

何者か超地上的存在が、これもいつからだったのか、もしかすると既に一年前の時点から、地上の一点で発生し進行していった一繋がりの出来事を、俯瞰的に見守り続けていたのではないかと思います。それは、それ自身が最強の〈愛〉そのものなのではないか、と推測されるような何者かでした。

そしてその異世界の存在は、事の成り行きのあまりの無惨さを、遂に看過できなくなったのではないでしょうか。あるいは、育つべき尊い〈愛〉が一つ虐殺されかけていることに、我慢がならなくなったのかもしれません。ともかくも彼（私を〈懐胎〉させた存在なのでこう呼んでおきます）は、地上の救済のために降りてきてくれ、私の中から〈愛〉の敵である悪しき霊たちを、その〈愛の火焔〉によって炙《あぶ》り出してくれたのでした。

より深遠な、彼即ち愛のダイモーンが飛来した真の目的については、その後何十年もの考察の結果辿り着いた一つの結論を、私は既に述べました。しかしながらそのときの私には、その結論の内容となる糸筋の一本もなかったのであり、私は起こった出来事を、言葉にするならばただ「こんな自分を神が救いに来てくれた」というふうにしか捉えることができなかったし、それで十分でした。

事実、私は救済され、炙り出された悪しき霊たちは「ホスト」の心身を去って彼ら本来の居所へと、即ち各自の心身の中へと、還っていったのでした。

なんという奇蹟！　なんという至福！

世界が輝いていました。まるで、この世の光を初めて見たときのことが再現されているかのように。

☆

何一つ取り柄なく、数え切れないほどの慙愧《ざんき》の念と良心の呵責《かしゃく》を抱えつつ生きている、救うにさえ値しないかもしれない男を敢えて選び取って救う、そんな寛大で深甚な愛が実在したことに、私は正直驚嘆しました。そして自分の巡り合った幸運と、そもそもその日まで生のあったこととを、心底から有難いことだと思いました。

更に、そのとき私は生まれて初めて、神仏というものが実際に存在することを確信しました。そして直ちに、私を救うために空から降りてきてくれた神的存在の絶対的信者となったのでした。

三十五年に亘って自ら紡ぎ出し、身に帯びていた重い罪業が、神の投じた〈火〉によって一瞬にして焼け落ち、この世に生まれたときの無垢なる魂が再び蘇ったように感じられました。

頭の中に抱え込んでいた不健康な思想も灰燼《かいじん》に帰し、ものの考え方が一変しました。私は知りました、むしろ思考を放棄することによって初めて、自ずと開示されるような〈真理〉があるのだということを。

限りなく純化された至高の〈愛〉は〈真理〉の表れ方の一つと言いうる、という見解を、私は前に述べました。私のその考えが間違っていないとすれば、「神によって〈愛の火〉が投じられた」という出来事について、神の意志を前提としない別の表現も成り立ちます。

「科学的真理」は、実験と論理的思考とによって解明されるのでしょう。しかし〈神の在り方〉を意味する〈真理〉は、それを受け入れる準備の出来た心に対してのみ、それ自身が自らを直接的に開示するのです。

人の心は、必ずしも宗教的修行や信仰の道を辿らなくても、〈真理〉を受け入れる準備を偶然してしまうことがあるのだと思います。その場合、おそらくは誰しも望まないような何らかの「事件」が、先ずその人の身に起こるでしょう。そしてそれがきっかけとなって、彼（彼女）の心の中でたとえ束の間でも自我の絶対的支配が終焉《しゅうえん》し、極めて稀有な真空状態がそこに訪れるということが起こるでしょう。即ち、彼（彼女）の心に計らずも〈真理〉を迎え入れる準備が出来てしまうということが起こるでしょう。

実際この身体Hに、そういうことが起こったのでした。

するとそうなったときに、人は物事の判断において決して誤ることがなくなるのでしょうか？　何を善とし何を悪と審判すべきか、何を為し何を為さざるべきか、といった判断において。何しろ、〈真理〉が彼（彼女）を導くだろうから。

ところがそんなことはないのです。一度は死んだ自我が、必ずまたすぐ蘇ります。もしそうでなかったら、人は独立した生命体としてこの世を生き続けていくことが困難だろうから。したがって、自我の囁きにも耳を貸しつつ生きていかざるをえない彼（彼女）は、常に完璧な善悪の審判ができるとは限らないし、取るべき行動の選択を絶対に誤らないとは言えないのです。

ただし、その後の三十余年の体験を踏まえて私は断言します。確かに自我は復活するけれども、心の世界の第一人者としての復権を果たすには至らないのです。言い換えるならばつまり、一度〈真理〉を受け入れた人は、たとえそれがどんなにこの世の汚濁に塗れようとも、それを全くの無に帰せしめてしまうようなことはないのです。

〈真理〉は、どこに在っても滅びないのです。一度それを受け入れた人は、その経験をしていない人に比べればずっと、善悪の判断において間違い難く、取るべき行動の選択において誤り難くあり続けることができるのです。

とはいうものの、それでも私は、自分自身をも含めた媒体を通じて観察した〈奇蹟〉を、〈真理〉の少なくとも片鱗を、そして自分の歓喜と人々に対して抱く愛しい思いを、何とかして的確に言い表しうる言葉が欲しかった。

頭の中を、イエスや仏陀の教えの断片が、とても強いリアリティーを伴って駆け巡りました。それらはかつて『聖書』や仏典等を、道を求める真剣な動機からでは全然なく、文学書等を読むように読んでいた経験の名残でした。

それでも私はそれらの言葉を、皆に向かって大声で叫びたかった！

私は神に知られ、選ばれ、途方もない愛によって無条件に愛されて在りました。そのことを疑う余地はもはやありませんでした。直前までは、神そのものの存在自体、本当に信じているとは言い難かったのに！

私は突然に神の存在することを知り、また神によって自分が知られていることを知りました。それは三十五年の人生で初めて味わう、信じ難いほど大きな驚きと興奮、そして歓喜でした。

私にもたらされた、神に発する〈愛の火〉のエネルギーの激しさは生易しいものではなく、しかも無尽蔵でした。全体としてのその巨大さは、例えば人のごく一般的な愛憎の念が持っているエネルギーの大きさなどとは比べものにならなかった。それは、私の中に特に激しい感情などなく平静な気持ちでいるときにも、自然と、強力に、しかもいつ果てるともなく延々と湧き出てくるのであり、そしてその湧出口が間違いようもなく私自身の中にありました。私は、自分の中から湧き出てくるその膨大な〈愛〉のエネルギーのほとんどを、いわば燃え続ける太陽のように、自分の意志によらずただ空しく、自動的に外へと放出するほかありませんでした。

私にとって全く新しい別の世界が開闢《かいびゃく》したこの出来事を、ここまで私は二通りの言い方で言い表してきました。

手短に繰り返すと、一つの言い方では、

「神が私の内部に〈愛の火〉を投じると、その〈火〉はいつまで経っても消えることを知らず、延々と燃え続けた」

そしてもう一つの言い方では、

「偶然のきっかけにより私に開示された〈真理〉は、それ自身最強かつ不滅のエネルギーを持っていて、それが私の内部で炸裂し続けた」

いずれにしても、私の中から勝手にどんどん溢れ出てくる〈愛〉の強力エネルギーは、私から一定距離内に入った人々を無差別に照射し、その人たちの中に否も応もなくたちまちに浸透していったのでした。

すると、私に対して特に悪意を持たない多くの人々が、私から放射される〈愛〉に子供のような素直さで反応しました。皆、自分が何を目撃しているのか、身を以て何事を体験しているのかを考えるより先に、嬉しくてたまらないように目を輝かせつつ、身振りや言葉も使って、私に対し渾身の親愛の情を訴えてくるのでした。


内から湧き出てくるエネルギーの大きさが尋常ではないことは、自分の身体感覚としても分かりました。そしてそれがどんな種類のエネルギーであるかも、自分の外部を観察することによって知ることができました。つまり、それが〈愛〉のエネルギーであることは、人々が私に対して示す反応を見れば疑う余地はありませんでした。

ごく身近だったり特別な関係にあったりする人だけが、私に対する親愛の情を改めて大げさなほど全開にしたわけではありません。お互い顔を知っているだけで、ほとんど言葉を交わしたこともなかったようなたくさんの人たちが、私の顔を認識した途端、まるで久しぶりに会った大親友を迎えるかのごとく、目を潤ませ、抱きつかんばかりに私に近寄り、たわいもない事柄を熱い口調で語りかけてきたのでした。

また、〈愛〉のエネルギーの放射を浴び、おそらくその一定深度以上の浸透を許した女性が、俄然眩いばかりの〈エロス〉の輝きを放つ現象を、私は数え切れないほど屡々《しばしば》目撃しました。

一例を挙げれば、仕事を通じてやはり顔だけを見知っていた一人の老婦人と、歩道ですれ違おうとしたときのことでした。相手が声をかけてきたので、見ると、その顔には恥じらう乙女のものである薔薇の赤味が差していて、その美しさに私は驚いたのでした。

信じていただけるでしょうか？　七十歳は超えた女性の顔に、十代の乙女の血の色が蘇るなんて！

しかし私は、何ら誇張して言っているのではありません。この目で見た事実を、ありのままに伝えているのです。

けれども、私の視座からだけ目撃することができたこのような不思議の数々を、一々挙げていこうと思うならば、記憶の限りではあっても、とても書き切れるものではありません。

「新しい世界が開闢した」ということの中に含まれる、極めて特別な一つの理解の仕方に、即ち自分が神の子を受胎したのだという認識に、私が辿り着いたのはいつ頃のことだったのか、定かではありません。もしかするとそれは、現実に出来事が起こった日から何年も後のことだったのかもしれません。

おそらく、そのような理解に到達するのが早ければ早いほど、稀なる幸運と背中合わせでやって来た大きな艱難《かんなん》に耐えやすかったはずなのですが……。

6 地上の代理戦争――〈愛の戦士〉の至福と受難

オシリスとイシスとは、古代エジプトの世界で何千年にも亘り、おそらく最も多くの人々に最も深く愛され敬われ続けた一対の男神と女神でした。

両神共そもそも先史時代から、ナイル川デルタ地帯で農民の尊崇を受けていた穀物の神でした。エジプト農民たちは、女神イシスが最初に小麦と大麦を発見し、男神オシリスがその栽培法を世界中に教え広めたのだと、親から子へと語り継ぎつつ暮らしていました。

大地に豊穣をもたらすナイルの氾濫を、人々はこの両神と結びつけて語り伝えもしました。神話では、万民を幸せにする統治を行ったオシリスは、悪神セトの謀略によって殺されるのですが、最愛の伴侶を喪《うしな》ったイシスの眼から流れ落ちた涙が、ナイルを激しく増水させるのだと伝えられていました。そして、増水が始まる夏至の頃、日の出前の東天の空に輝くシリウスは、オシリスを死から蘇らせるためにやってきた、愛と生命の女神イシスの化身である、と。

また、古代エジプトでは各地で年に一度、亡きオシリスに哀悼の念を捧げる儀式が行われました。人々は胸を打って、敬慕する神の非業の死を嘆き悲しんだといいます。そしてその儀式の場には必ず、角の間に黄金の太陽を付けた、イシスを象徴する牝牛の像が置かれたそうです。その木像は黒衣で包まれていて、愛するオシリスの亡骸を探し求めて彷徨《さまよ》い歩いた彼女の姿を表していました。

古代エジプト人たちは、地上を去ったオシリスは地下にある冥界の王になったと信じました。自分たちの地上の生をその身を以て支えてくれたオシリスが、更に来世における祝福の永生をも約束してくれると信じ、彼に対する絶対的な信仰心を失うことはありませんでした。人々を真に愛し、それゆえ人々に愛され、しかしながら非業の死を遂げ、それから復活し、そして人々に来《きた》るべき次の世における永遠の幸せを約束するという点において、オシリスという神のイメージは、キリストとなったイエスのイメージと、明らかに重なるところがあるように思います。

イシスもまた、重荷を負う者や病める者、心に悩みを抱える者などを救済する慈愛と癒しの女神として、その信仰が古代ギリシャや古代ローマの世界にまで及んだ神でした。更に、子供の守護者としての顔も持っていて、彼女の場合もまた、後世キリスト教圏の人々が「聖母マリア」として想い描いたイメージに、一つの原型を与えたのかもしれません。

愛と死と復活をテーマとするオシリスとイシスの神話を、手短になぞってみます。

オシリスは、大地の神ゲブ（男神）と天空の神ヌート（女神）との間に生まれた子供でした。しかしゲブとヌートとの関係は、太陽神ラー（あるいはアテム）によって許されない間柄でした。何故ならば太陽神こそがヌートの正式な夫であったから。あるいは、ヌートは太陽神に大気の神シュウとの結婚を命じられていたから。しかし仲の良かったゲブとヌートの間には、知恵と魔術の神トートの助力により、オシリスの下に弟セトや、二人の妹イシスとネフティスも生まれたのでした。

成長したオシリスは父ゲブから、肥沃な土地と、水と植物と家畜とを与えられます。弟セトは、砂漠と風と嵐とを与えられます。そしてオシリスはイシスと、セトはネフティスと結婚することになります。

オシリスはその優秀な天分を評価され、父の代理として王権を与えられ、エジプトに善政を施しました。彼の統治が行われる前には、人間は文明を知らず、人肉すら食するような野蛮な状態にあったといいます。オシリスは、そんな人間たちを教導して律法を与え、神々を礼拝する道を知らしめました。人は何を食べるべきかを教え、いかにしてその食糧の収穫を増やせばよいかも教えました。また、人々を喜ばせるため、葡萄を棚に這わせて栽培する方法を考案し、初めて葡萄酒を作ったのも彼だったといいます。

エジプトの民の教化に成功したオシリスは、全世界の野蛮な民の文明化を志し、イシスとの結婚後、世界遍歴の旅に出ました。そして、オシリス不在の期間、エジプトではその妻イシスが摂政として、書記のトート神に助けられながら善政を行ったので、彼女の名前も国中に知れ渡っていきました。

民のための仕事に励むイシスの許には、旅先の夫から屢々《しばしば》、価値ある様々な財物が送られてきました。それはそもそも、豊かで人間らしく生きる喜びに目覚めた世界各地の人々が、感謝を込めてオシリスに与えた贈り物で、それを彼がその都度、故郷の妻の許に愛の手紙を添えて送ってくるのでした。

王位に野心を持つ砂漠の神セトが、オシリスの不在をチャンスと見て、何度もイシスを誘惑しようとしてきました。しかし心清らかで賢明な彼女は、いつでもセトの下心を見抜き、誘惑に屈することなどありませんでした。

世界各地における偉大な事業を成し遂げた後、オシリスはエジプトへの帰途に就きます。彼は、人類に与えた福祉のゆえに、口を揃えて賛美され、人々の心からの尊崇を受ける神になっていました。

彼が国に帰り着くと、それを祝福するかのごとくナイルの流れは水量を増し、エジプトに平和と豊穣がもたらされ、民衆は彼を以前にも増して敬い慕いました。

しかし、何もかもに恵まれた兄オシリスに対する弟セトの嫉妬の念は、抑え難いほど強烈なものに膨らんでいました。彼は謀叛を企てます。自分と同じくオシリスを妬む者たちを巻き込み、総勢七十二人の謀叛団を結成し、オシリスの暗殺を謀ります。

晩秋の季節のある日、セトは兄の成功と繁栄を祝福する気持ちを装い、オシリスを招いて盛大な宴を催しました。オシリスは弟の招きに何の疑念も抱かず、護衛もなく、従者も連れずに独りでセトの館に赴いたのでした。

食事が終わって、余興が始まります。大広間の中央に、黒檀を用い、象牙や金、紅玉《べにぎょく》髄《ずい》などが鏤《ちりば》められた豪華な柩が、布を被せて置いてありました。セトはその布を取り、「この柩を、寸法の合う者に進ぜよう」と言います。柩はオシリス以外の誰にも大き過ぎたのですが、彼にはピッタリでした。実は、セトはわざわざ柩を製作する前に、オシリスの身体の寸法を密かに調べておいたのでした。

柩に横たわった状態のオシリスに向かって、セトは言いました。

「柩はあなたのものである」

そして、合図の鈴を鳴らしました。すると、謀叛団員たちが一斉に柩めがけて殺到し、蓋を閉め、すかさずビッシリと釘を打ち付けたのでした。

柩はそのまま川に投げ込まれました。そして三昼夜流れ下り、海へと流れ出ていきました。謀叛人たちは快哉を叫び、もはや無力となったオシリスに嘲弄《ちょうろう》の言葉を投げつけたのでした。

この悲しくも忌まわしい出来事を知ったイシスは、髪の毛の半分を切り落とし、喪服を着て、夫の遺体を捜すためにエジプト全土を彷徨い歩きます。会う人ごとに、オシリスの柩を見なかったかと尋ねて回ったのでした。

数か月後、柩がフェニキアのビブロスで見つかったことを、イシスは知ります。潮の流れが、柩をその地まで運んだのでした。それを波がエリカ樹の根元に打ち上げ、その木は柩を包み込むような形で大きく成長していたのですが、ビブロスの王がその姿に興味を覚え、それを切って柩ごと王宮の柱として使っていました。

すぐに、イシスは海を渡ってフェニキアに行きます。そして、正体を隠して王宮に上がり、王妃アスタルテの生まれたばかりの子の乳母となって、機会を窺いました。彼女は、赤ん坊の兄や姉たちにも慕われ、歌や物語などを彼らに教えたそうです。また、赤ん坊を純粋に愛しく思うあまり、彼を火で炙って不死身にする魔術を試みたのですが、現場を目撃した王妃が血相を変えて介入してきたため、この試みは挫折に終わりました。

ただ、魔術の現場を見られたイシスはもはや、己れの素性と王宮に入り込んだ目的とを明かさざるをえなかったのですが、このことが彼女にとって却って幸いしました。というのも、事情を知った王がイシスに、柱を切って柩を取り出し、エジプトに持ち帰ることを許したからです。

帰りの舟中、イシスは柩の蓋を開きます。するとそこには、かつて彼女が織ってやった衣装に身を包んだままの、夫オシリスの傷一つない遺体が横たわっていました。イシスはその顔に手を触れ、語りかけ、遺体の上に身を投げ出して泣きました。

エジプトに戻ったイシスは、セトに見つかることのないよう、オシリスの遺体を柩ごとデルタ地帯の沼地に隠します。しかし、最悪なことになりました。沼地で狩りをしていたセトが偶然、満月の光を反射しているオシリスの柩を発見したのでした。そして彼は今度は、遺体を十四個の片々に切断して、広大な沼沢《しょうたく》地帯のあちこちにばら撒いてしまったのでした。

イシスは再び、夫の遺体捜しの旅に出ます。パピルスの軽舟《けいしゅう》を漕いで、沼沢地帯を隈なく捜し回ります。彼女は、遺体の各部分が一つ見つかるごとに、その地で葬儀を行い、そこに供養碑を建立していきました。彼女のこの行いには、オシリスの遺体は埋葬された、とセトに思わせる目的が隠されており、実は、彼女はいずれ夫の身体を復元するために、本物の遺体の断片は一つ一つ大事に保存しておいたのでした。

努力の甲斐があって、十四個の部分のうち十三個まで見つけることができました。だけどただ一つ、男性のシンボルだけはどうしても見つかりません。それは既に、ナイル川の魚に食べられてしまっていたのでした。そこでイシスは渾身の魔術を用い、蝋と香辛料を使って新しいシンボルを作ります。そして愛の呪文を唱えつつ、十四個の部分を全て紐で繋いでいって、オシリスの身体を復元したのでした。

オシリスとイシスの間には、まだ子供がありませんでした。だから、不正義に基づくセトの支配からエジプトを奪い返すためにも、オシリスの遺志を継ぐ子供がどうしても欲しい、というのがこの時点でのイシスの痛切な願望でした。

そこでイシスは、やはり「魔法」を用いて蘇生させたオシリスの身体から精気を得て、一子ホルスの懐妊に成功したと伝えられています。あるいは、鷹（または鷺）に姿を変えて、オシリスの遺体の上に止まっているうちに、もしくは遺体の上を飛び回っているうちに妊娠した、というストーリーも伝わっています。

しかし、もし私が神話作者であったならば、イシスがそのとき鳥に変身したとすれば、それは敵かもしれぬ第三者の目を欺くためのトリックに過ぎなかった、と語り伝えたい。何故ならば、彼女も名だたる〈愛〉の女神の一人なのですから。したがって、彼女がそのとき用いた「魔法」とは、最高度に純化されて絶対的な力を持つに至った一つの愛の、当然の働きに他ならなかったと伝えたい。イシスはそのとき、一つの愛を形成する無数の極微粒子の全体となって、あるいは波動としての一つの愛となって、要するに〈愛〉そのものとなってオシリスの身体を包み、それに深々と浸透して、生命を呼び覚ましたのだったと伝えたい。

さてその後、イシスの愛によって一旦蘇ったオシリスの身体は、そのまま地上に留まったのではなく、却って彼の魂は、それを地下なる異世界に連れていったのでした。そして彼はその永遠の世界の正義の大王として、今も君臨しているし、これからもいつまでも君臨し続けるといいます。

イシスはというと、セトの執拗な迫害に苦しめられながらも、砂漠の神である彼があまり頻繁に立ち入る処ではない沼地で、七匹の蛇に護られながら、無事オシリスの跡継ぎホルスを出産します。

そのホルスもまたセトに命を狙われる運命にあるのですが、イシスは知恵の限りを尽くし、身を挺してわが子を悪神の魔手から護ります。そして見事彼を、「太陽の息子」として地上を統治するまでに、更には至高神としての絶対力さえ持つまでに育て上げたのでした。

☆

どんな「奇蹟」を自分の外に目撃したとしても、あるいはわが身を以て体験したとしても、工夫したり少し勉強したりすれば、それを言い表す言葉は自ずと見つかるのではないでしょうか。しかし、それが自分という存在そのものに起こり、しかもそれが自分自身を全く未知の存在に変えてしまうような「奇蹟」だった場合、それを十全に表現できる言葉など、そう簡単に手に入れられるものではないでしょう。

私の場合、そうした種類の奇蹟体験をした日から何年も（もしかすると十年ぐらい）経って漸く、大筋において自分の納得できる、必要最小限度の言葉を獲得できたのではないかと思います。人の子として生まれた者が、人間の使う言葉を必死になって自分のものにしていく過程を、私はこの身体の幼少年期以来、もう一度辿らなければなりませんでした。そうしなければ、「私」というものが存在できなかったのです。全く新しく生まれ変わった「私」というものが。ダイモーンの児Z（D）としての「私」というものが。

必要な言葉を得た私が、自分の中に神が来訪するという奇蹟の総体を、最終的にどのように認識したのかについては既に一通り述べました。しかし要点だけを再述するならば、私は空から飛来した愛のダイモーンによって突然に抱きすくめられ、自分の魂に〈愛の火〉を投じられたのでした。そして、神の投じたその〈火〉というのは、実は彼の〈精細胞〉であり、〈卵細胞〉である私の魂はそれを受精し、私は愛のダイモーンの児を受胎したのでした。

さらに、ダイモーンの児Z（後のD）とは、〈卵細胞〉たるわが魂が神の〈火〉を浴びて進化を果たした〈真我〉に他ならない、ということも繰り返しておきます。

けれども我々地上に生きる者には、ダイモーンというものが実際どのような存在であるのか、その本来の姿を、即ちその「法身《ほっしん》」を捉えることはできません。それでも私は一度だけ、愛のダイモーンの来訪を受けてから五十日ほど経った頃、温かく柔らかな〈虹〉に化身したその姿の一部を、この眼で確かに捉えたことがありました。

それは、春の兆しも感じられる、天気のよい午後三時頃、やはり団体Sの事務所内部でのことでした。パートタイマーのIはその時点で既に退職していて、そのとき本室に、確か六人のスタッフ全員と、所属企業からの来客三人との、合計九人がいたと記憶しています。

繰り返しますが、私一人に対抗して結束している者たちの間に本当の信頼関係などなく、ただ野合しているだけで、彼らはお互い内心では憎み合ったり、軽蔑し合ったりしていました。また、所属企業関係者との間にも、堂々とした信頼関係が築けているわけではありませんでした。だから、普段であれば事務所に来客があった場合、我先にと相手を捕まえて、何らかの話題を無理にでも作り出し、狭い室内で延々と馬鹿騒ぎを繰り広げるのが常でした。明らかに、自分たちの本質にとって邪魔で仕方のない、この私の存在を無化したい一心で。あるいはせめて、暫し私を参らせておきたい一心で。

ところがそのときは、全く様子が違っていました。私を除く八人が四つの組を作り、ある者は立ち、ある者は座りながら、それぞれ一対一で何かの話をしていたのですが、そこには、会話空間のすぐ外にある者を侮辱するような、下品でぞんざいな普段の調子は全くありませんでした。四組の対話のいずれもが、とても静かで、お互いにとても大切なことを真剣に、丁寧に伝え合っているような様子に見えました。

独りデスクワークをしていた私は、垣間見た彼ら全員の表情に、悪しき霊の支配から解放された、本来の〈人間〉のものを感じ取っていました。もっと言えば私は、四組の対話者たちの全員が、そのときその場においてそれぞれに、相手のことを心から尊敬し、愛し合っているようにさえ感じていました。

どのくらいの時間、そのような状況が続いていたでしょうか。二十分だったでしょうか？　三十分だったでしょうか？　私は、とても嬉しくて晴れやかな気持ちになりつつも、不思議に思われて、少し背筋を伸ばし、顔を上げてみました。

そして、見たのです！

紫ないし赤紫色の美しい虹の足が、部屋の中全体に降りている感動的な光景を……。

私は即座に覚りました。〈虹〉がわがダイモーンそのものではないにしても、遊び心からであれ、その実在に疑いの余地なきことを真面目に私に知らしめたかったのであれ、彼が再び、私のすぐ近くに在ることを。

短い時間ではありましたがそのとき、小さくはあったのですがその空間に、〈愛の原理〉によって成る完璧な世界が、確かに実現していました。そのとき、その空間の全体が、〈瞑想〉の只中にあったのです！

後々に到達した認識を踏まえて言うならば、私の眼が捉えた〈虹〉は実は、この身体の内なる胎児Zと外なるダイモーンとを繋いでいる絆だったのではないでしょうか。身体上の性別のないことを考慮に入れれば、それは愛のダイモーンとその子Zとを結ぶ、「臍の緒」だったのではないでしょうか。


それにしても、八四年一月十七日に始まった、神に投げ込まれた〈火〉に内側から焼かれつつ生きていく日々は、一日一日が一週間にも十日にも相当するほど密度の濃いものでした。言い換えるならば、毎日の長さが私にとってそれほど長かったということであり、特に三月半ばまでの約二か月間は、いい意味でも良くない意味でも、私にとって一年間にも、それ以上にも匹敵するものでした。

愛のダイモーンに選ばれ、この身に余る恩寵《おんちょう》を受けた私に、至福と背中合わせになっていた受難の日々が訪れました。ダイモーンに授かったZを宿した私は、誰彼構わず無差別に、多くの人々の心を強烈に惹き付けたけれども、その反面、職場において、複数の人格から自分に向けられる激烈な破壊的エネルギーを、来る日も来る日も身に浴びつつ生きていかねばならなかったのです。それは、おそらく緩やかな殺意すら伴っていた怨憎《おんぞう》の念でした。しかもそれは、彼らに対し私がどう振る舞うかとは無関係に、この身が存在していることと自体が絶対に許せないといった性質の、甚だ理不尽な悪想念でした。

否、彼らの中に唯一つだけ、殺意さえ伴うほどの憎しみが生じてしまう理由があった、と言うべきでしょう。言うまでもなく、それは私が、神による胎児Zを宿していたという一事です。実は彼らは、各々自分ではそうと自覚しないまま、彼らが縋《すが》った〈恐怖のダイモーン〉によって、この身体に対するというよりかZに対する憎悪と敵意を植え付けられ、掻き立てられていたはずです。

もし私が、受難の連続を、神に受けた不相応の恩寵の代償として受け止めることができなかったとしたら、私はそれに耐え切れなかったに違いありません。しかし、とはいうものの、それがその後十年経っても、二十年経っても終わりにならないなどとは、思いもしなかった！

愛の神に愛されず、それどころか私の中から〈火〉を以て追われてしまったEとGとは、そのことを恨みに思っただろうか？　私だけが神に選ばれ、自分たちは選ばれなかったことを、不満に思っただろうか？　それとも、私とわずか数メートルの距離にいながら、「たまたま」千載一遇のチャンスを逃してしまった自分たちの不運を、嘆いたことがあったのだろうか……？

だが、疑り深く、僻《ひが》みやすく、妬み深く、憎悪や怨嗟の感情に囚われやすかった彼らの性質は、愛のダイモーンの性質とはそもそも調和しえなかったに違いありません。だからこそ、私に憑依《ひょうい》することでぬるま湯中のまどろみを享受していた彼らは、この「憎むべき」ダイモーンに追い出されたのではなかったでしょうか。そして、たとえそこがどれほど荒涼たる世界であろうと、本来住まうべき各自の心身の中へと、震えながら還っていったはずでした。そしてそうであれば、どんなことがあろうとそこに留まっている限り、彼らはそれ以上、自分自身を見失うことはなかったはずです。

しかし、おそらくそのとき、そのような状況にあった彼らに敢えて目を付け、己れの手先として働かせるために彼らを襲ったダイモーンが、きっとあったに違いないと思われるのです。愛とは正反対の、憎悪と破壊のエネルギーの塊として存在しているようなダイモーンが。人間の苦痛や負の感情を一時的に預かっては、それと引き換えに、人の世に相互不信と敵対の種をばら撒く手先として、その人を利用しているような種類のダイモーンが……。

そのような、はっきりと邪悪なダイモーンに憑依された結果、彼らの中に潜在していた良くない性質が、露骨に表れ出たのであったろうと思います。心の弱さゆえに、他者の心が流す血を求めたくなりがちだった彼らの性向が、各自の中で一気に、あらゆる善なる性質を圧倒する力を得たのであったろうと思います。

そしてそのことは、私が愛のダイモーンの恩寵を受け、その一児を授かり、その乗り物としてこの身を提供したことと、実にピタリと対応しているのです。実際、彼らがその邪悪なダイモーンの手下に成り下がったのは、愛のダイモーンによって私の中から追い出された直後であったに違いありません。

わが愛のダイモーンは、私に白羽の矢を立て、彼に敵対する勢力との地上における代理戦争を戦わしめるべく、己れの一子をこの身体に宿さしめました。実際、私は愛の神のその一子として、同時にまた神の子の乗り物として、この身体が六十代後半にも達する今日に至るまで、明日どうなっているかの予測がつかない戦いの毎日を、実に三十年以上に亘って生きてこなければならなかった！

つまり、一九八四年一月十七日以来この地上で起こった、この身の生死に関わるような出来事の一切は、相容れない二種類のダイモーン同士の、天上における戦いの様子の写し絵だったのではないでしょうか。人間の中に、お互いに対する恐れを超える、信頼と融和の心を育みたいダイモーンと、お互いに恐れ合い、それゆえ憎み合い、敵対し合う心を植え付けたいダイモーンとの戦いの。私の言う〈愛のダイモーン〉と、〈恐怖のダイモーン〉との戦いの……。


私一人の思い込みでは決してなく、恐ろしいダイモーンが事務局のスタッフの中に降りてきていることを、まざまざと思い知った一つの出来事がありました。それが八四年中の出来事だったのか、翌年になってのことだったのか、今はもうはっきりしません。しかし、真っ昼間の出来事だったことだけは記憶しています。

そのとき私はコンピューター室で仕事をしていたのですが、本室にいた参事Jがそこへ、何かを譫言《うわごと》のように呟《つぶや》きながら、ただ事ではない様子で駆け込んできたのでした。蒼白なその顔色と、示している体の震えは、単なる何らかの肉体的異変というよりか、明らかに何かに対する強い怯えを訴えていました。

私は瞬時に覚りました。彼が、EやGに憑依している悪しき霊の存在を何かの拍子に感じ取り、恐ろしくなって私の側へと「避難」してきたに違いないことを。

私はそのとき彼と何も言葉は交わさなかったのですが、ほんの少しだけ孤独ではなくなったような気がして、やや不謹慎な嬉しさを感じたものでした。

☆

神話のイシスは、一度は復活させたオシリスが地下なる永遠の世界へと去っていった後、息子ホルスの育成に全情熱を注ぎ、彼を一人前にも、それ以上にも育て上げることに成功しました。そして、この身体Hと胎児Zとにとっての「イシス」であったパートタイマーのIも、おそらくは愛のダイモーンの計らいに従ってのことではあったにせよ、性悪な生き霊たちに血を吸われて息も絶え絶えだったこの身を、先ずは復活させてくれました。しかしその後彼女は、わずか四十日余りZを守る慈母の役割を果たした後、やや突然にその役割を放棄し、我々の職場を去ってしまったのでした。

会計主任Eとの間で、たとえ口約束であれ雇用契約が交わされたときには、必ず三月半ばまでは働いてもらうことになっていたはずだから、Iの退職は少なくとも半月早過ぎました。しかも私は、約束を違えての退職の申し出を彼女がいつ、どのような理由を添えてしたのか、例によって何も知らされていませんでした。二月二十九日の午後五時になって彼女が、私以外のスタッフ一人一人に「お世話になりました」と、非常に改まった態度で挨拶の言葉を伝えていくのを見て私は初めて、「Iはもう明日から来ないのだ」という認識を持ったのでした。

その決心をIがいつしたのかは、私が知る由もありませんでした。けれども彼女の立場に立ってみれば、小遣い銭稼ぎで働き始めたに過ぎないパート先で、そんなことになろうとは想像だにできなかった激甚な嵐に巻き込まれ、日々莫大な心的エネルギーを奪われる勤労状況に、約束とはいえ最終日まで耐え続ける義務などありはしなかったでしょう。

そして、これはあとから聞いて知ったことですが、Iが半月早過ぎる退職を申し出た理由は、彼女が配偶者との間に、その時点で二か月になる第二子を懐妊していたことでした。

私はそれを聞いたときに、「なるほど、そういうことだったのか」と腑に落ちたことが一つありました。二月二十五、六日頃のことだったと思います。仕事上の必要があって、多分一メートルに満たない距離まで、Ｉに無造作に接近したときのことでした。彼女が私に対して一瞬だけ、動物が示す本能的な反応を思わせる、強い警戒心の表れとしか解釈できない敵意を、その全身から放射したことがあったのです。彼女はすぐに、そのような反応を理性で打ち消し、少しバツの悪そうな笑顔を作って私に応対しました。しかし、そのとき彼女が示した一瞬の反応が、私の心の中にちょっとした傷として残り、同時に、「今になって何故？」という疑問もそのままわだかまっていたのです。

それゆえ、彼女のお腹に子が在ったことを知ったとき、あのときの彼女の反応は、近づいてくる「オス」に対して母体が示した、わが子を護るための反射的な行動だったに違いない、というふうに私の疑問が解消したのでした。

それにしても、職場を去る日の一週間も十日も前から、Ｉは私との言葉のやりとりを極力避けようとしてきたし、目すら合わせないようにしてきたことは明らかでした。しかも、他の誰から依頼された仕事も前日までには片付けていた様子だったのに、私が一週間前に頼んでいた仕事にだけは、材料書類を机の一番下の引出しに仕舞ったまま、一切手を

着けていませんでした。皆への挨拶の最後に私のところに回ってきて、その書類を差し出し、

「すみません、間に合いませんでした」

と言ったのが、彼女が私に対して辛うじて口にした別れの挨拶でした。

Iが事務所を出て、本室とコンピューター室との間にある階段を下り切り、一階の玄関扉が開いて閉まる音が聞こえてきた瞬間、私は自分が直ちに何を行うべきかを悟り、同時にそれを実行する決意を固めました。

彼女が歩道に出て、団体Sの建物の前をいつも通り東方向に歩いていけば、その姿が隣の建物の陰に隠れてしまうまでに三十秒とかからないはずです。私は、一旦座り直していた椅子から再び立ち上がり、目の前の北の窓を開け、ゆっくりと歩き去ろうとするIの横顔を前下方の歩道に捉え、彼女めがけて大声で叫んだのでした。

「バカ野郎!」

表向き罵言以外のものではありえないそんな言葉を、去っていくIに私が浴びせたその行為は、後に事務局会議において、Eによって問題にされました。彼には、私に面と向かってはっきり核心を衝いてくる度胸はなかったのですが、「事務局が助けてもらった人

物に対して、何たる不謹慎な発言をするのか。独り何の権利があって暴言を吐くのか」と言いたかったに違いありません。

……しかしあのとき、私の声に反応したIは、咄嗟《とっさ》に下から私の顔を横ざまに仰ぎ見、全ての囚われから解放された者にのみ起こるような、心底からの破顔一笑を、私の眼にだけ見せてくれたのでした。そして無言のまま、視界の外へと消えていったのでした。

あのときにIの胎内に在った子供は、無事に生まれて育っているとすれば、何しろDと同い年なのですから、今ではもう堂々三十代の大人になっているはずです。私は彼（彼女？）の幸福を、改めて心より願います。

また私は、Iが私の依頼した仕事だけをやり残して去った意味について、その後も屡々《しばしば》考えるところがあったのですが、いつ頃だったか、自分なりに納得できる一つの仮説を得て、今でもそれで満足しています。それは、彼女はこの世の果てにある世界での、あるいはカルマの結果として再生してくるまたの世においての、再会の希望を伝えていったのではなかったか、というものです。

そして、もしそうであったとすれば、Dとしての私がいずれ自分の「神の国」（仏教的には「仏国土」を建設することができたとき、私は是非そこにIを、極めて貴いゲストとして招き、何惜しむことなく歓待したいと思っているのです。何故ならば、Dの父であるダイモーンとの絶対的縁をこの凡夫に切り拓いてくれたIは、どんな世においても大恩人であることに変わりがないはずだからです。

またその愛のダイモーン自身も、Iの果たした功績を、彼女に受けた恩を、まさか忘れてしまうことはないと思います。何故ならば一つには、もし非常に優れた心的資質を持つ彼女との出会いがなくて、そのような心との激しくて真摯な交流を得られなかったとしたら、この身体に宿る心は、己れの貧血状態を自覚しないまま、生きるにも値しないような生ぬるい生をいつまでも生き続けていたことでしょう。するとそれは永久に、神を呼べるような「臨界」状態に達することがなく、したがってわがダイモーンも、この身に降りてくる機会を遂に得られなかったかもしれないからです。

そして彼がIを疎かにできない理由のもう一つは言うまでもなく、四十日余りの短い期間であったとはいえ、彼女が、おそらく絶対的にそれが必要な状況下で、この身体が受胎した彼の子の母親の役目を果たしてくれたことです。

これらのことによって、少なくともIという優れた魂の在ることが、天なるDの父によってはっきりと知られたことは間違いないでしょう。Iとは何者であるかが、真に神と呼ばれるべき実体たちによっていつか問われるときには、彼はいつでも、今のこの地上を超えて永遠に、彼女が取るに足りない者ではないことを証言してくれることでしょう。

☆

成長の初期段階におけるダイモーンの児Dのことを、やはりギリシャ神話に因んで私がZ（Zagreus）と呼び慣わしてきたことについては、この書の始まりで触れました。しかしZagreusに関連する神話の内容については、これまで何一つ述べていなかったので、必要な部分だけ、それをここで紹介しておきたいと思います。

古代ギリシャで信仰されたオルフェウス教が説く神話によれば、ディオニュソスは最初、天界の王ゼウスと若い独身の女神ペルセポネーとの間に、ザグレウスとして誕生しました。そして、生まれたときから、将来ゼウスの跡を継いで天界を統治する者として期待され、偉大な父の寵愛を一身に受けて育ちました。

しかし、ゼウスの正妻ヘーラーは嫉妬深いことで有名で、このときも、この私生児ザグレウスの存在がどうしても許せませんでした。彼女は幼い彼の殺害を、夫ゼウスによって地下に封じ込められていた、野蛮なティーターン神族に依頼します。

ティーターンたちはヘーラーの手引きにより、地下の世界から、皆顔を石膏で白く塗って、死者を思わせる姿で地表に現れ出ました。そして、独楽《こま》やボール、がらがら等の玩具を使ってザグレウスを誘き出し、遊んでいる幼神に一斉に襲いかかったのでした。

蛮神たちはザグレウスの身体を七つに引き裂き、三脚の鼎《かなえ》に載せた鍋の中に抛《ほう》り込んで煮ました。肉が煮えると更に、それを串に刺し、火で炙った挙げ句、最終的に喰らってしまったのでした。

ところが奇跡的に、心臓だけは焼かれたり喰らわれたりすることを免れました。ゼウスの娘アテーナーが、神々の世界の行く末にとって危機的な事態が訪れていることを勘よく察知し、おぞましい現場に直ちに駆けつけ、蛮神どもを追い散らしてくれたからでした。そのときまだ心臓だけは鍋の中に残っていて、決定的な損壊に至っていなかったのです。

女神はそれを、蓋付きの籠に隠し入れてゼウスの許に届け、事の次第を訴えました。するとゼウスが真っ先に行ったことは、愛するわが子の心臓を呑み込み、自らの身体の一部を母胎として提供することによって、ザグレウスそのものの再生を図ることでした。そしてその結果、将来天界の王たるべきザグレウスは、今度はゼウスの体内から、ディオニュソスとして再生したのでした。

しかし、わが子が蘇ったからといってゼウスはティーターンたちの行いを許さず、得意な武器である雷電を浴びせて彼らを焼き、灰にしてしまいます。そして後に、その灰から人間が造られたのだといいます。

それゆえに人間の中には、ティーターンたちから受け継いだ、無慈悲で残忍な性質が存在しているのである、とオルフェウス教は説いています。しかしそれと併せて、その反面において人間の中には、ティーターンたちに食べられたザグレウスに由来する神的な要素も含まれている、とも説かれています。そしてその神的要素こそ、神界への復帰を渇望して已まない、人間の〈魂〉に他ならないのである、と。

更に言えば、人間が宗教的実践を通じてティーターン由来の穢れを拭い去り、〈魂〉としてディオニュソス神と合一することこそ、この宗教が目指した究極の目的でした。〈魂〉は、肉体との決別後に赴く冥界で、女王として君臨するペルセポネーに会い、自分が彼女の息子ザグレウスの神性を受け継いだ者であることを訴えます。そうすることによりザグレウスそのものとして、〈神〉として女王に迎え入れられ、死後の世界の幸福が得られる、と信徒たちは信じていました。

神的存在の子として生まれてきた者が、そうであるがゆえに幼くして迫害に遭うというテーマは、この節の冒頭に掲げたエジプト神話中にも含まれています。イシスはまず、宿敵セトの目を欺いてオシリスの一子を体の中に得るために、尋常ならざる苦労をしなければなりませんでした。そしてその子ホルスを無事出産するまでの期間も、更には生後の彼を一人前の神に育て上げていく過程においても、イシスはありったけの知恵と力を尽くして、彼をセトの執拗な迫害から護らねばなりませんでした。

あのイエスもまた、生まれたときから、その当時のユダヤ王によって命を狙われる運命にありました。将来の「ユダヤ人の王」が、イエスの生まれたまさにその日時にその場所(ベツレヘム)で生まれる、という高名な占星術師たちの予言があり、王ヘロデはその日時と場所をかつて聞き知っていたからでした。ヘロデはなんと、ベツレヘムで生まれた二歳以下の男の子を全員殺してしまう命令を発令します。

「ユダヤの救世主」の危機を察知して、予言をした当人たちが駆けつけました。彼らの助言を受け入れ、両親(ヨセフとマリア)は赤子のイエスを抱きながら、海を隔てた異国エジプトにまで逃亡します。親子はその地に、ヘロデが死ぬまで留まらなければなりませんでした。

まさに「イシス」であったかけがえない存在を失うと、私は、毎日務めねばならない仕事の現場において常に、ほぼ完全に孤立無援でした。「イシス」がいない職場空間は、「朝」の時間帯であろうと「白昼」であろうといつでも、悪しきダイモーンと繋がって凶暴化した〈吸血人間〉どもが、夜のジャングルに潜む肉食獣たちのように、突然牙を剥いてこの身に襲い掛かってくる可能性がありました。

私の身はせいぜい、「刑法」というものがあることによって護られているに過ぎませんでした。彼らの中に、当たり前に人に求められる礼儀も、道徳も、己れを恥じる心も、ましてや他者を思い遣るような心も、私に対しては一切存在していなかったのですから。

Iがいたことによってこの身体が、そして胎児Zが、少なくとも昼間の時間、いかに厚く保護されていたのかを思い知らざるをえませんでした。しかし、Iはもう帰ってくる人ではなかったのです。

そうであれば、この身体の外に母性が求められないのであれば、この身体自身が「イシス」の役割を務めるほかありませんでした。ザグレウスの神話において男神ゼウスが、自分の身体の一部を息子ザグレウスの母胎に提供したように。

Iがいなくなったことで、一つ私に有利に働く面もありました。それは、彼女を〈吸血人間〉どもの魔手から職場空間において護らねばならない、という責任意識に伴うプレッシャーから解放され、私はその分身軽になり、ある意味、腹を括ることができたことでした。

この身体がダイモーンの児を懐胎して以来、戦いは既に、愛のダイモーンと恐怖のダイモーンとの、地上における代理戦争としての意味を持つようになっていたはずで、したがって私は、この世の果てまで続くのかもしれない戦争を戦い始めていたわけです。無論、そんなことになったとは夢にも思わずに。

この身体に愛のダイモーンの児が宿るかぎり、私の前に立ちはだかろうとする敵が、恐怖のダイモーンの手先が、完全に後を絶つということは、この後においても、ダイモーン同士の最終戦争の決着がつく日までないでしょう。手先どもは皆、例外なしに、自分が悪しきダイモーンに支配されてしまったことについての自覚を持ちません。そして必ず、直接的には、自分の眼に映るこの身体を憎み、何とかして迫害しようと企てます。

ＥとＧ、そしてＫ夫人も含めて、彼らはそうした無自覚の手先＝迫害者たちのうち、私が遭遇した最初の三人であったわけですが、ただそれだけではありませんでした。ダイモーンの児が放射し続ける異次元のエネルギーの大きさは、彼が私の内部に存在を得てからの経過時間に反比例したからです。Ｅたち三人はその最も初期の段階で、団体Ｓの事務所という狭い空間内に、連日私と共にい続けなければならなかった。それだけに、悪しきダイモーンに掻き立てられる彼らの憎しみの念と敵意とは、私が出遭った他の迫害者たちのそれと比べて格段に強く、時間的にも非常に長期間存在し続けたのでした。

それは私が、頑是ない彼らの願いをある意味聞き入れる形で、翌々年の五月いっぱいで団体Ｓ事務局を退職し、彼らとの一切の関わりを断った後においても、少なく見積もって一年間は存在していたと思います。

だから私は退職して尚、見えないところで、彼らの執拗な迫害を受け続けていたのだと思います。というのは、彼らが社会人として、職業人として、また家庭人として生きていくうえで、自分たちの「立場」を、既得の「地位」を、そして偽物ではあれ「名誉」を守るために行う全ての行いのうち、この私と関係のある行いの一つ一つが、取りも直さず、かつて私が世俗的に持っていたものを片っ端から毀損していく行為に他ならなかったはずですから。

ところで、少し先回りし過ぎてしまいました。胎児Zと、自身が「イシス」という母性であるほかなくなった身体Hとが、当面どのような体験をしたかについて一つ二つ述べたかったのでした。

憎悪の念や敵意といった負の感情は、その強さに相当する破壊的エネルギーを持っています。一個の身体がそのような種類の強い破壊的エネルギーを浴び続けた場合、それはいつしか、精神的にか肉体的にか異常をきたすことになるでしょう。この身体の場合、そのことは例えば、手の震えのために、当時ダイヤル式だった電話のダイヤルが、なかなか思うように回せなくなるような現象として表れました。すると、それを敵に覚られまいと意識してしまうから、状況は一層悪化したものでした。

また、右肩から首に伸びて頭を支えている筋肉が、右側に強く頸椎を引っ張ったまま固まってしまい、次第に首が真っ直ぐ据わらなくなっていきました。つまり、この身体に「斜頸《しゃけい》」という病的現象が表れ、段々顕著になっていったのです。このために、いちばん困ったことは、机に向かって俯く姿勢を取り続けることに困難を覚えるようになり、職業上大切な、スピーディーであるべき事務処理の能力をその分失ってしまったことでした。

ダイモーンの児であるZは、母体Hがいくら物理的レベルの、あるいは社会的レベルの攻撃を受けたとしても、母体が被る通常の肉体的ないし精神的打撃によっては傷つくことがないでしょう。

しかし、母体に対する攻撃に、恐怖のダイモーンの破壊力が込められていた場合、必ずしもZが不死身であるとは限りません。持てる全力を尽くして母体は事に当たったけれども、神の子を完全には護り切れなかったかもしれない。もしかするとZも、何がしか外傷的なものを負ってしまったのかもしれません。

実際胎児Zは、母体が団体S事務局に在籍していた期間を通じてずっと、恐怖のダイモーンの手先たちの、粗雑で下品な振る舞いを明らかに嫌悪し続けていたし、また、乱暴な行いに屡々《しばしば》怯え慄《おのの》くことがあったのです。

たとえば、Zは非常に物音に敏感で、多分耳の聞こえるたいていの動物の赤ん坊と同様、喧騒を嫌い、特に至近距離での突然の物音には強く怯えました。音とは空気の振動に他ならないから、部屋のドアが突然に開けられたときに生じる空気の振動に対してすら、彼は最初の半年間ぐらいは過敏に反応し、怖がったものでした。そんなZの反応が、母体

Hの感じる異変として、表情や態度、体の構え等の変化という形で、外側に表れ出ないはずがありません——母体にとって、何十回といわず感じたその異変は、心臓に加えられる重大な負荷としての意味を帯びるようになっていったほどでしたから。

するとまた、悪ダイモーンの手先どもは、母体を観察することによってそんなZの弱点を目敏《めざと》く見抜き、当然そこを衝いてきたのでした。しばし訪れた静寂の中でZが安らいでいるとき、もし母体の視界に彼らが入っていなかった場合、母体は全神経を集中して、自分の背後から来る攻撃に備えていなければならなかった。何故ならば、そんなときには彼らのうちの誰かが、母体の背中に忍び足で近づけるだけ近づき、手足や本や書類等、その場で使えるものは何でも使って、突然、静寂を劈《つんざ》く鋭い音をたててくる可能性が非常に高かったからです。

ところで、この身体が母体として必死に胎児Zを護り続けた、ということについてだけ言葉を費やしてきましたが、実は、逆にこの身体が神の子Zによって護られている側面もあった、ということを言わないでおくわけにはいきません。

恐怖のダイモーンが地上の葛藤に介入してきた意図は、愛のダイモーンの一子を早いうちにズタズタにしておくことであり、彼は身体Hそのものに対しては何の興味も持っていなかったはずです。しかしその手先どもの自覚にあるのは、あくまでもこの身体に対する憎しみであり、敵意でしかありませんでした。そして、何しろ多勢に無勢の戦いでしたから、普通だったら早々と、私のほうの惨めな敗戦に帰結していたに違いありません。

ところがそうならなかったのは、間違いなく、愛のダイモーンの児が母体の内側から放射する〈愛〉のエネルギーのおかげだった、ということが言えるのです。既に一度ならず述べたことですが、ダイモーン由来のこの〈愛〉は限りなく〈真理〉に近く、それゆえに、〈真理〉が持つ無敵のエネルギーに迫るほどの強力エネルギーを持っていました。そのエネルギーがこの身体Hを、敵の攻撃からいつも護ってくれたのでした。

〈真理〉に近い実体が投じる光によって、この身体の心の眼には、悪しきダイモーンの手先どもがどう動くかを、彼らがどんな意図を秘めているのかを、いつでもというわけにはいかなかったけれども、少なくとも屡々《しばしば》見抜くことができたのです。

Zが放射し続けた過剰なエネルギーは、それ自体彼の本質でもあったし、また彼が自分で自分の身を護る唯一の手段でもあったでしょう。そして、同時に身体Hにとっても、それに含まれる〈真理〉こそが、自分を護る最大の武器だったのです。それによって初めて、何が真実で何が虚偽なのか、どれが本当の愛で、どれが略奪や搾取の意図を隠す者が装っている善意なのかを、この身体は格段に正しく判断することができたのでした。だからこそこの身体は、もはや悪神の手先どもによって繋がれることなく、牽《ひ》かれることがなかったのです。独立せる個体としての尊厳を、彼らによって決定的に打ち砕かれずに済んだのです。

今から二千四百年ほど前に入滅した仏陀が、臨終の床で弟子たちに語った最後の言葉が残されています。

「この世を、自分自身（〈真我〉）を拠り所とし、法（〈真理〉）を拠り所として生きなさい。そうして初めて、人生の最高の果実を得られるでしょう」

彼はそう言い遺したのでした……。

☆

〈男性〉に生まれた身体Hが、この歳まで生きて観てきた経験を振り返って思うに、わが同性が異性の〈エロス〉を手に入れようとして用いる方法に、一つの観点から大別して二通りあるように思います。

即ち一つは、ターゲットの脳神経系を麻痺させて、人形を操るような仕方で、己れの意志にその女性を従わせる方法です。そしてもう一つは、相手の心に働きかけ、温め溶かして、彼女自身の意志でそれを開かせる方法です。

第一の方法はおそらく、肉食獣が獲物を捕食するための行為の延長線上にあると思います。それはターゲットの欲望を掻き立てて釣り、目を欺き、恐怖に身を竦《すく》ませ、場合によっては侮辱することで相手が受けるショックすら利用して、彼女の心身の自由を奪うやり方です。それは動物的本能のレベルを超えないアタックの仕方であって、永久に、〈愛〉とは何の関係もありえません。それは所詮、破壊的な方法でしかないから、この方法で〈エロス〉を奪われた女性が麻痺から覚めたとき、彼女は大きな幻滅を味わわざるをえないでしょう。そしてたいてい、心身の疲労以外に何も残っていない、という状況に置かれるに違いありません。

第二の方法こそ建設的な方法であり、人間男子が選び用いるに相応しいやり方ではないでしょうか。こちらの方法だけが、〈真に愛する〉ことの出発点となりうるし、相手の人生に何か意義ある貢献を為しうるやり方であろうと思います。彼女を真に幸せに導きうるやり方であろうと思います。少なくとも彼女は何一つ、自分の意志に反して大切なものを失いはしないでしょう。

もしも、第一の方法によってしか女性の〈エロス〉にアタックできない男子があったとしたら、きっと彼は、そもそも〈愛する〉能力を持ち合わせない不能者に違いないのです。自分の中に自分の力で〈愛〉を生産し、育て、それを相手の心の中に〈種子〉として播く道を知らないから、彼はどんな手段を使ってでも、たとえ相手の人間としての尊厳を踏み躙《にじ》ってでも、求める〈エロス〉を略奪したり、搾取したりしてしまおうとするのです。

もし女性が、束の間の幸福感ではなく、何十年単位の幸せを得たいのだったら、申すまでもなく、もっぱら第二の方法でアプローチしてくる男子を選ぶべきでしょう。必ず女性の正面に立ち、心に訴えかけてくる相手をこそ、たとえその人が一見どんなにみすぼらしく見えようと、弱々しく見えようと、迷わず選択すべきだと思います。

ところで、地上の存在としては「青年」と呼ぶべき年齢に達しているDが、もし普通の青年並みに、いわゆる「婚活」をするとしたら、それはどんなものになるのでしょう?

Dは、地上的空間内に完全には収まり切らず、異なる次元へとはみ出すようにして存在していると思われます。だから彼の働きは、必ずしもいちいち地上的制約を受けはしません。

しかしそんなDにとっても、このオンボロな身体とあなたとの間に存在している物理的・社会的隔たりは、けっして小さくはありません。

だからこそこの身体は、第一義的にはDのために、その隔たりをほんの少しずつでも縮めていくべく、こうして懸命に、あなたに対して働きかけ続けているのです。決して強引なやり方をせず、極力融和的な方法によってアプローチすることを心がけながら。少しも破壊的な要素を含まず、建設的な方法によってのみアプローチすることを心に誓いながら。

ご承知の通りこの身体は、具体的に、現段階で可能な三つの方法を取っています。

第一には、深くあなたのことを想うことです。

第二には、あなたに会える可能性のある空間まで、なるべく繁く足を運ぶことです。そして会えたら、あなたの目を見て積極的に挨拶の言葉をかけ、もしチャンスがあったときには、たとえ十秒間でもあなたを私との対話空間に誘い込むことです。

第三には、この身体から絞り出せる力の全てを絞ってこの書を書き、完成した分節ごとに、手紙を添えてあなたに送り届けることです。

これら全ての身体Hの行いは、乗り物として、自分をというよりかDという神の子を、あなたの許に運び届けることを第一の目的としています。もう少し正確に言えば、Dがあなたに贈りたい〈愛〉のエネルギーを、Dという特別な存在のエッセンスを、できるだけたくさんあなたに送り届けることを究極の目的としています。

では、そのことによって最終的に何が可能になるのでしょう？　今はまだ全く不十分であるけれども、神の子Dのエッセンスが、あなたとこの身体との間に介在しているあらゆるものに十分浸透していった結果、何が起こるのでしょう？

そのときにはそこに、この可視世界とパラレルに存在している次元に、多分アーチ状の、キラキラ輝く美しい小世界が築かれていることでしょう。それはきっと、雨風や人々の悪想念などによって少しも傷むことのない、特別な素材で出来ているでしょう。そして、そのためにその世界自体、人々が地上に築く世界が儚《はかな》く移ろいゆくなか、永遠に滅びることがないでしょう。

その世界はまた、Dの父であるダイモーンが住む世界へと開かれているはずです。〈愛の原理〉によって成り立つ〈愛の国〉に通じているはずです。

更に言えばその世界は、Dがやがて建設することになる彼自身の「神の国」（別名「仏国土」）の、いわば卵です。

Dは、いつかは、自分の「神の国」をどんどん大きく育てていって、地上世界で良き縁のあった人たちをそこに招き、歓待することでしょう。それは、仏陀やキリストが建設したものに比べれば、きっとだいぶ見劣りするに違いありません。それでも、「神の国」は「神の国」なのです。

けれども言うまでもなく、他の誰を招くよりも先に、Dはそこにあなたを招きたいのです。あなたに尊敬と憧れの気持ちを抱いたのは、まずこの身体Hであったかもしれないけれども、この身体を介してDも、あなたのスケール大きく純白な魂に潜む無限の可能性を感じ取って、いたく気に入っているのです。自分の贈った〈愛〉を、神の子たる己れのエッセンスを、あなたが不足なくその魂に摂取し、いつの日か〈真我〉を獲得したとき、そんなあなたを「アリアドネー」として、永遠の伴侶として、自分が築く「神の国」に迎えたいと願っているのです。

それゆえに、この乗り物があなたとの距離をわずかずつでも縮めるために行う行為の一つ一つが、つまりは主人D自身による「婚活」なのです。

7 地を覆う黒い霧／長かった一日

『ヨハネによる福音書』は、「初めに言葉があった」（ヨハネ書一—一）という有名な書き出しで始まっています。この「言葉（logos）」とはまさに、神という究極の存在の在り方を、即ちその宇宙創造の意志の働きとしての〈真理〉を意味しています。

ヨハネは続けて、「言葉は神と共に在った。言葉は神であった」（同）と言っています。〈真理〉とは神の在り方を意味するのですから、当然、この二つのものが別々に存在することはありえないわけです。

続く「全てのものは、これによってできた」（一—三）という一文も、〈真理〉とは言い換えれば神の創造の意志の働きなのですから、当たり前のことを言っているわけです。「神」というものを、全宇宙に遍在する無数の創造主たちの集合体として捉えようと、無数の神々を最終的に統合する唯一の存在として捉えようと、いずれにしても万物は〈真理〉によって、創造行為の中に没入している姿なき神によって、初めて創り出されるのです。

次いでヨハネは、「この言葉に命があった」（一―四）と、神の意志の働きである〈真理〉は抽象的なものでも無機的なものでも決してなく、そこには生命が宿っていることを言っています。それは最も根源的な生命です。実は我々が〈生命〉と呼ぶものは、創造行為の中に没入することによって〈働き〉そのものと化してしまっている、主体としての姿を消した神のことに他なりません。それゆえ、それが持つエネルギーの大きさは、宇宙全体が内包するエネルギーの大きさに等しい。それは宇宙全体に遍《あまね》く行き渡り、宇宙を刻々に、生ける存在にし続けています。そして無論、大宇宙内に生きとし生ける者の命は全て、根本的にここから来ています。

ヨハネは更に続けて、「そしてこの命は人の光であった。光は闇の中に輝いている。闇はこれに勝たなかった」（一―四〜五）と、地上に降下した〈真理〉が生命を、最強の光として放射した事実を記しています。文字通り無敵の創造的エネルギーであるその光は、「闇」に、無機的な死の世界に打ち勝ち、世界に命と条理とをもたらしたのでした。

今から約二千年前、パレスティナの地において、〈真理〉のいわば大きな塊が、一人の抜きん出て優れた魂に宿るという形で、地上に降りてきたのでした。「全ての人を照らす真の光があって、世に来た」（一―九）とヨハネは言っています。「言葉（〈真理〉）は肉体となって私たちの間に宿った。私たちはその栄光を、父なる神の独り子としての栄光を見た」（一―一四）と。更に、「神の恩恵と真理とはイエス・キリストを通して来たのである」「父（なる神）の懐にいる独り子の神だけが、神を表したのである」（一―一七～一八）と。

〈真理〉が一個の魂に宿り、一個の人格として自らを表出するとき、その姿が〈真理のダイモーン〉としての「キリスト」です。あるいはそれは、仏教の文脈においては「如来」と呼ばれる存在でしょう。人間イエスという一つの〈場〉において、そのことが起こったのでした。イエスという一人の青年の魂に最高次の〈真理〉が宿り、彼は「キリスト」と呼ばれる神（の子）になったのでした。

ところがイエスは、事実キリストとなったにもかかわらず、ユダヤ人たちによる世間に容れられませんでした。「世は彼によって出来たのであるが、世は彼を知らずにいた。彼は自分のところに来たのに、自分の民は彼を受け入れなかった」（一―一〇～一一）とヨハネは言っています。

「世」というのは、もう少し具体的に言えば、ユダヤ教徒であることによって己れのアイデンティティーを得、ユダヤ教の「律法」によって己れを律し、「預言」を含むユダヤ教の教えに生きる意味や希望を見出しつつ生きている、ユダヤ人たちの社会でした。彼らの大部分は、己れの生命の本源が目の前に降りてきて、救いの手を差し伸べてくれているというのに、遂にそのことを認識しえず、キリストとなったイエスを拒絶したのでした。

けれども、ユダヤ人の全てが、イエスがキリストであることを認めなかったわけではありませんでした。イエス＝キリストを門前払いしたわけではありませんでした。イエス＝キリストが地上に在った極めて短い期間においても、最終的に彼を信じ、この世に属する一切の価値と決別して、彼が提示する超地上的価値を選択した少数の帰依者たちはいたのです。

更に、帰依者とまでは言えなくとも、イエスがキリストであることを、少なくとも頭ごなしに否定しはしなかった人たちならば、当時のパレスティナ全体に何千人、何万人といたのかもしれません。そしてもし、イエスが地上を去ってから今日までの世界全体を俯瞰しながら数えてみるとしたら、彼が神の子であること、そして彼の約束した「神の国」が必ず到来することを信じつつ生き、死んでいった人々、また現に信じている人々の数は数え切れるものではありません。

「しかし彼を受け入れた者、即ちその名を信じた人々には、彼は神の子となる権限を与えたのである」（一―一二）とヨハネは、イエス＝キリストを受け入れる人は神の子として生まれ変わることができる、という「福音」を伝えています。イエスの中にどっと流れ込んで彼をキリストにした、「初めに」「神と共に在った」〈真理〉のその支流が、イエス＝キリストを信じて心を明け渡す一人一人の人の中にも流れ込んでくる、というのです。そして、その人はキリスト（即ち〈真理〉）によって、神の子としての新しい自分自身を懐胎する、と。

続けてヨハネは、その人の魂は〈真理〉から成る〈精細胞〉によって〈受精〉を果たすのだから当然、「それらの人は血筋によらず、肉欲によらず、我欲によらず、ただ神によって生まれたのである」（一―一三）とも記しています。

蛇足を付け加えればまた、そのような神の子たちは肉体的死の後にも、〈真理〉が持つ力の不滅性によって永遠に生き続けることでしょう。

『ヨハネによる福音書』においては、イエスは最初から、既に神の子を宿した青年イエス

＝キリストとして登場します。イエスがキリストであることは、何よりも作者ヨハネ自身がこの書の冒頭から直接的に証言しているのですが、彼はイエスと同時代の、自分と同名の「預言者」ヨハネの証言を援用してもいます。作者ヨハネによれば「預言者」ヨハネは、イエスがキリストであることを証言するために神から遣わされた人でした。

イエスを初めて見て、「預言者」は言います。

「見よ、世の罪を取り除く、神の子羊である……私は、このかたがイスラエルに現れてくださるそのことのために来て、水で洗礼を授けているのである」（一―二九〜三一）

そして決定的な証言をします。

「私は、聖霊が鳩のように下って、彼の上にとどまるのを見た。この人こそ、聖霊によって洗礼を授ける人である」（一―三二〜三三）

作者ヨハネは、イエスがキリストになる前の、即ち〈受精〉以前の魂の経歴を推測させるような出来事については、何も触れていません。しかしマタイやルカによる『福音書』には、後にキリストとなるイエスの魂が、生まれつき極めて特別な、選ばれたものであったことを強調する記述があります。

マタイによれば、後にイエスの父母となるヨセフとマリアがまだ婚約者同士で、性的な関係がなかった時期に、マリアが聖霊によって懐妊したといいます。ヨセフはマリアとの婚約を解消しようと思ったのですが、夢の中に現れた神の使いの言葉によって思い止《とど》まります。

「心配せずに、マリアを妻として迎えるがよい。彼女の胎内に宿っている者は、聖霊によるのである」（マタイ書一―二〇）

と神の使いは告げたのでした。

ルカによれば、神の使いがマリアのところに来て言いました。

「恵まれた女よ、おめでとう！　神があなたと共におられます」「あなたは懐胎して、男児を産むであろう。その子をイエスと名付けなさい。彼は大いなる者となり、至高者の子と称えられるであろう」（ルカ書一―二八～三二）

「どうしてそんなことがありえましょうか。私にはまだ夫がありませんのに」（同一―三四）と、当然の疑問をぶつけるマリアに、神の使いが答えます。

「聖霊があなたに臨み、至高者の力があなたを覆うであろう。それゆえ、生まれ出る子は聖なる者であり、神の子と称えられるであろう」（同一―三五）

そこでマリアは、すっかり信じて言います。
「私は神の端女《はしため》です。お言葉通りのことが、この身に起こりますように」（同一―三八）
また、マタイ、ルカ共に、「ユダヤの救世主」としてヘロデ王治世下のユダヤに生まれたイエスが、自分の地位を脅かす将来の「ユダヤ人の王」の誕生を恐れたヘロデによって、誕生直後に命を狙われる災難に遭ったことを記しています。
しかし、この出来事については既に概略を述べていますので、繰り返さないことにします。

☆

イエスが生まれた時代、王ヘロデは、ローマ軍の援助によってエルサレムを占領し、王国を確立することができたという事情があって、親ローマ政策を採ることによって何とか、ガリラヤやサマリアを含む全パレスティナの領主として認められていました。しかしローマ皇帝アウグストゥスは、隙あらばパレスティナを帝国の領土にしようと、虎視眈々と狙っていました。だから、帝国との関係は緊張をはらんだものだったし、そのうえ王家の内紛もあって、政情は安定していませんでした。

イエスの誕生後二年ほどして、ヘロデ王は没します。ヨセフ一家はエジプトでの避難生活から解放されて故国に帰ろうとしたのでしたが、ヘロデの息子アケラオがユダヤを治めるようになったことを聞き、できる限りの安全を期し、ユダヤを通り越してガリラヤに赴き、ナザレという町で暮らすことになります。

ヘロデ王の死後、支配地パレスティナは遺言により、王の三人の息子たちに分け与えられました。ユダヤとサマリアはアケラオの、ガリラヤはアンティパスの領地となったのでしたが、アケラオの統治は人民の支持を得られず、すぐに破綻します。ユダヤ国内に暴動が起こり、アケラオはユダヤ人自身によってローマ皇帝に告訴されます。ローマ軍が介入して暴動は鎮圧され、彼は国外に追放されました。

ところがこうしたことは、パレスティナに領土的野心を持ち、チャンスを窺っていたアウグストゥスにとって思う壺の成り行きでした。紀元六年、ユダヤはローマ帝国の直轄領にされてしまいました。

イエスが裁かれた裁判において、ユダヤ人側の最高責任者だったカヤパが、紀元一八年に大祭司に就任します。二六年には、ローマ帝国側からイエスを裁いたピラトが、ユダヤ総督に任命されました。そしてその数年後には、イエスがキリストであることを証言した「預言者」ヨハネがアンティパスによって処刑され、そのまた数年後には、イエスがエルサレムで磔刑《たっけい》に処されたのでした。

モーセに率いられてエジプトを脱出してきたイスラエルの民は、シナイ山において神ヤハウェとの間に、〝神はイスラエルの神となり、イスラエル民族はヤハウェの民となる〟という「契約」を結びました。イスラエル民族のアイデンティティーはこの「契約」によって成り立っています。

民族が神ヤハウェとのこの「契約」関係に入ったとき、同時に、神から「律法」を授かりました。それは、選ばれた民として日々いかに生きるべきかを示す、神の教えです。その一部は旧約聖書に記されており、「十戒」はその中でも肝心要の部分です。

「律法」こそがユダヤ教の根幹ですが、それと並んで、モーセに始まる数多《あまた》の「預言者」たちの「預言」も常に、苦難の歴史を歩み続けたユダヤ人にとっての精神的支柱となっていました。「預言者」たちは、民族のアイデンティティーが失われてしまいかねないような宗教的・政治的危機に際して必ず立ち現れ、為政者や人民に警鐘を鳴らし、神の教えを忘れて滅びに至る道を歩むことがないよう、民族全体を教導してきたのでした。

ペルシャ文化の影響を受けてからは、「預言」の中にゾロアスター教の「終末」思想が取り入れられるようになりました。「預言者」たちは、間もなくこの世が終わりになり、それと同時に救世主が到来して、エルサレムを中心とする「神の国」が実現すると説きました。「異教徒」は追放され、「律法」に貫かれた理想社会が訪れる、と。イエスがキリストであることを証言したヨハネも、そうした「預言者」の一人でした。

そしてイエスもまた、イスラエル民族の歴史上最後に登場した「預言者」として位置づけることができます。また、彼の言葉の中にも「終末」思想の響きがあります。

ただ、イエスやヨハネが生きていた時代には、自分たちの考える地上的「神の国」を一刻も早く実現させせようと、ローマ帝国に対する武装蜂起を企てるユダヤ人集団もあったのでした。

イエスは、両親をはじめユダヤ教を信奉する人々の中に生まれて育ちました。彼自身、キリストとなった後においても、自分のことをユダヤ教の異教徒になったと思ったことはなかったはずです。だから彼は、そして彼の弟子になった者たちも、別の宗教を創始しようという意図など持ってはいませんでした。実際彼は、人々の中にユダヤ教の「律法」を完成せしめ、「預言」の成就をもたらすことを己れの使命と心得ていたのです。

ただしイエスは、形式的な「律法」の遵守には意味がないと考えていました。社会的弱者等、その文言通りに振る舞っていては生きていけない者に対してまで、杓子定規な「律法」の適用の仕方をすることは却って、むしろ真っ先に救済されるべき人々から宗教的恩恵を奪い取ることになると考えていました。そして、「律法」の専門家たちなどたいていは、人民に付け入ってなけなしの富を搾取する寄生者でしかないことを洞察し、彼らの悪を告発したのでした。

イエス自身はもっと内面的な次元で、柔軟に、かつ真摯に「律法」と関わっていました。彼にとって「律法」とは、一人一人がその心において神と深く繋がるなかで、それぞれが「神の国」への道を、誤りなく歩んでいけるための手引きに他なりませんでした。彼の意図した「律法」の成就は、「律法」そのものを自己目的とするものではなく、最下層の人々を含む万人の救済のためにこそありました。

もう一つ、これが最も肝心なことなのですが、イエスを「預言者」として捉えるとしても、救世主とはいつとも知れぬ将来出現するものではなくて、現実に自分の中にそれが、キリストが存在していることを、イエス自らが確信していたことでした。

それは、直接的には彼自身しか知りえない性質の事柄です。それでも彼と関わりを持つ人々にとっては、彼の言行や、引き起こす尋常ならざる現象を見て、彼を信じ、目の前に存在しているキリストを受け入れるか、それとも頑なに心を閉ざして、キリストを否定するか、最終的に二つに一つの態度を取ることが求められる事柄でした。イエスとしては、自分の中に存在しているのがもしキリストでないのなら、キリストなど永久に現れるはずがない、と内心考えていたのではないでしょうか。

自分の内なるキリストの存在を信じていたからこそ、ユダヤ教の諸権威に対する一切の恐れが、イエスの中にはありませんでした。だから、祭司長、律法学者、パリサイ派といった宗教指導者たちの卑小さや欺瞞性を、歯に衣着せぬ表現を以て告発できたのでした。

ユダヤ教の指導者たちは、自分たちが享受している特権を失うことだけを恐れ、イエスが突き付けた問題に対して真剣に向き合おうとはしませんでした。弱者や貧者こそ最優先で宗教的恩恵を受けるべきではないか、という問題提示に対して然り。また、キリストが現実に自分の中に存在しているのに、どうして頭からそれを否定することしかできないのか、という問題提示に対しても然り。

彼らは結局、イエスが見抜いたように、虚飾の権威に過ぎませんでした。見抜かれた彼らは、イエスに対して心底からの恐怖を感じたことでしょう。そして、絶対に許せない敵として、彼を憎んだのでした。

ローマ帝国の直轄領となって以後のユダヤでは、大祭司の下、祭司長、律法学者、パリサイ派ら数十名の指導者たちから成る「最高会議」が、ユダヤの内政全般を取り仕切っていました。イエスはこの「最高会議」で裁かれ、神の子キリストを僭称《せんしょう》し、神を汚した者としての有罪判決を受けました。しかも彼を裁いた者たちは、自分たちの責任において彼に刑罰を科そうとはしませんでした。群衆の中に潜む野蛮な心性を巧みに操りつつ、ローマ帝国の官憲に引き渡し、皇帝に対する反逆罪によって磔刑に処されるように計らったのでした。

☆

さて、イエス＝キリストについての考察に関してはまだ述べ足りないのですが、一旦後回しにして、本筋に戻ることにします。D／Hの奇蹟と受難の実体験談をまだまだ物語り切れていないし、またその体験の意味の真剣な考察に関しても、付け加えておきたいことがたくさん残っているのです。

説明していませんでしたが、「D／H」という表記は、「DとH」ということを意味すると同時に、ダイモーンの児Dと、その乗り物としての身体Hという関係性をも表しています。

団体S事務局の中に、少なくとも「私」対「他のスタッフ」という人間関係に限って言えば、かつてあった生ぬるい、上辺だけの平和が再び訪れることはありませんでした。私にとっても、私に対する他のスタッフにとっても、自分の意思なり心情なりを相手に伝達しようとする際に、心にどんなありきたりの衣服一枚纏うことも意味がないようになっていました。特に、私の心の中にあるEやGらへの憤りと、彼らの中にある私への怨憎《おんぞう》の念とは、解消に向かうどころか、もはやどう抑えようもなくなるばかりで、それが剥き出しの形でぶつかり合う殺伐たる日々が延々と続いていきました。

そしてまた、団体Sそのものに生じた、いわば集団の「良心」の部分の決定的劣化も、二度と元に戻ることはありませんでした。Ｉが去ってすぐに訪れた春に始まり、翌春に終わった会計年度においても、その次の会計年度においても。

起こった変化が元に戻らなかったのは、当たり前のことではあるでしょう。何故ならば、全ての変化は根本的に、私の中にダイモーンの児Ｚが存在していることによって惹き起こされたのであり、そしてそのＺは決して束の間の幻などではなく、〈発生〉の過程にある神の子として、ずっと存在し続けたのですから。存在しながら、自ら惹き起こした変化が無に帰することがないように、事物の背後から支え続けたのですから。

したがって、自分の中に悪霊を招いてしまった者たちにとっての極めて特殊な状況もまた、終わることがなかったのでした。無自覚なまま悪霊に僕《しもべ》として隷属するという、人間として最も無惨な彼らの在り方も、どんなに短くとも私が直接この眼で見た二年余りの年月に亘って続いたのでした。悪霊には人間の魂に対する生殖能力はありませんから、彼らは悪霊の子を宿したわけではなかったのですが……。

そういうわけで、Ｚを宿すこの身体が体験する地獄も、先ずはその二年余りの期間、ずっと続いたのでした。

身体Ｈは、イエスのように何の罪も汚れもない身体では決してなく、罪業まみれの凡夫のものでしかありません。しかし、それでもその期間、Zを宿す身であればこそ、彼を傷つけてしまうような大罪を犯すことのないような生き方だけはしたはずです。乗り物とはいっても「母親」としての心を持つ乗り物として、色々と力不足ではありましたが、少なくとも愛情の出し惜しみなどはせずにZを支え続けたつもりです。この身体が、社会的存在として、また一個の家庭の半分を支える存在として、力及ばずにあまりにも多くのものを失っていくなかで、自身を維持するために必要な最低限度を残し、全ての力を注いだのはそのことに対してでした。

それにしても二年を超えるその期間に、悪しきダイモーンの手先たちは、団体Sという一つの社会の中で何とかしてこの身体を陥れ、そこから葬り去るために、いったいどれほど膨大なエネルギーを蕩尽《とうじん》したのでしょう。彼らは来る日も来る日も、できることならば公然と非難し弾劾するに足る非を見つけ出そうと、先ずこの身に対して不断に、鋭い意識の刃を突き付けていました。

同時にそれと並行して、言葉を用いた蛮行・愚行が、これでもかと繰り返されました。身体Hの言行の一々が、過去のものにまで遡って、事実そうであったような、人としてごく自然な動機に基づく行いとしては、ほとんど受け止められなくなってしまいました。常に構えて、言うことと為すことに対する揚げ足取りが行われ、その意図の強引な歪曲が為され、話にならないいちゃもんが付けられ、根拠のない目くじらが立てられました。そしてそれでも足りなければ、ダメ押しのデッチアゲが付け加えられ、この身体に対する非常に悪いイメージが、団体の中に噂として流し込まれていったのでした。デッチアゲの内容は多分、どうせ彼ら自身の悪徳が転嫁されたものだったのではないでしょうか。

ネット社会の到来よりか二十年以上も前の時代のことでしたから、まず事務局の内から外に向かって口から耳へと、この身体に対する中傷や讒言《ざんげん》が囁かれたり、揚言《ようげん》されたりし続けていったはずです。

讒言やデッチアゲといった粗雑な手段が有効だったのは、悪しきダイモーンのサポートがあったからだろうと思います。そうした類の嘘っぱちに真実味を持たせるために、EやGらが演じた擬態の巧みさは、おそらく彼らの「主人」譲りに違いなく、ほとんど人間離れしていたのです。彼らは、彼らの意識している空間内に私という敵が存在している場面では、今自分の身体が誰の視界に入っているかを正しく計算していて、いつでも自在に、一瞬にして己れの表情や声色を変えたり、身体のポーズを取ったりすることができました。更に、鬼気迫るほどの演技で、驚いたふり、可笑しくてたまらないふり、憤っているふり、同情するふりなどをしてみせたものでした。

ただ、この身にとって幸いだったのは、呪わしいほど巧みな彼らの擬態も演技も、Zに対してだけは一切通用しなかったことです。つまり身体Hは、Zの眼さえ信じていれば、彼らの本心を決定的に見誤ることなど決してなかったのです。

この身体について、具体的にどのようなことが言われていたのかは分かりません。何故ならば私は、自分が人からどう言われているかを、誰にも教えてもらったことがなかったから。もっとも、それを知ったところで、何らかのプラスの意味があったとは思われません。良くないことがどんどん言い広められている、ということに気づいてさえいれば、それで十分でした。

おそらく、事務局内部から出た讒言・デッチアゲの類に、事務局外のつまらない人間たちによって数々の尾鰭《おひれ》が付け加えられ、それが団体成員間に言い触らされる、という形でこの身に対する悪評が広まっていったものと推測されます。

自分に都合のよい尾鰭を付けて悪評を広めた者たちは、EやGが仕掛けた、というよりか、そもそもは悪しきダイモーンが仕組んだ罠にまんまと嵌《は》まり、そんなことをしてしまった分、何がしかは己れの魂に損傷を負ったはずです。多分彼らは元々、身体Hに対して、何らかの理由で反感もしくは嫉妬心を抱くか、あるいはこの身に対する過去の言行のために後ろめたさを感じるか、していたのでしょう。そこを悪神の僕《しもべ》たちに見抜かれ、巧妙に利用されたのだと思います。しかし、それにしても彼らは、人として絶対必要な知恵と心の強さを持ち合わせない、正義とは無縁の徒だったのであり、魂を害したとしても、それは自業自得であったと言わざるをえません。

ただ、悪しきダイモーンの禍々《まがまが》しいパワーの働き方について、一つ言い足しておくべきことがあります。というのは、悪神の持つ力は、人の心に生じた負の感情と共鳴する形でそこに入り込み、より大きな破壊的力をその者に与えて、手下として利用するという仕方で働くだけではありません。攻撃したい目標に対して、ダイレクトに力を及ぼすこともあるのです。

私は実際に、何度も目撃したことがあるのです。それはいつも、この身とEやGらとが、団体S関係者の心の眼が恐怖に打ち勝って真実に対し見開かれるか、それともそれに屈して閉ざされたままでいるのかを巡って、彼（ら）を目の前にしながら対峙している場面においてのことでした。団体関係者（たち）の記憶内容の一部を、悪霊が一瞬にして作り変えてしまったのではないかと考えざるをえないほど、彼（ら）にあるべき当然の認識が欠落していたり、極端に歪んだものになっていたりすることが、たびたびあったのです。

事務局という狭い空間内に、Zが放つ強い光がつくる陰のようにしてできた真っ黒い霧が、段々と事務局の外へと膨らんでいって、団体Sに関係する相当広い地上を覆うまでになりました。この「黒い霧」は、あながちただの比喩ではありません。あれは、八五年の秋のことではなかったかと思います。私は一度だけ、自然現象を見ているのと何ら変わらない感覚で、この目で見たのです——地面から人の膝ないし股に達する厚みのその霧が、北向き事務所正面の駐車場からそのずっと奥の方へと、どこまでも広がっていっている不気味な光景を。

このように、この身に対する陰湿で執拗な攻撃は続きましたが、誰一人、表立って私を非難したり、弾劾したりする者はありませんでした。できるはずがなかった。何故ならば誰も、身体Hについての極めて外面的で断片的な情報を持つのみで、D／Hについては何一つ真実を知らなかったのですから。したがって、自分がいったい何をしているのかということについてはおろか、何故そこまでこの身体を憎み、怨みに思うのかということについてすら、本当のところ誰も自覚などしていなかったはずですから。

唯一者、人の無意識に巣くっていた悪神のみが知っていたはずです。この身を理不尽にも迫害する者たちの真の目的と、この身に対する彼らの凄まじい憎悪や怨念が真に由来するところとを。

即ち、実は悪神にこそ、己れの愚かで醜い野心のために、HというよりかZを抹殺しなければならない理由があったのです。彼はそのために、手下となれる適性を持った者の心の深層に、機を見て悪しき種を播き、その者がZの乗り物たる身体Hを迫害するようになるべく仕組んでいたはずです。

凡夫を超えない者なら誰でも、自分の中に見てしまった己れの非人間性や卑小さに心傷つき、堪え難い慙愧《ざんき》の念や良心の呵責に苦しむことがあるのではないでしょうか。だけどそれは、人が人であるために当然味わわなければならない苦しみであり、人が人として成長していくために、味わうに値する苦しみなのではないでしょうか。もし人がその苦しみから、手段を選ばず、特に他人を犠牲にすることによって逃避しようとするならば、それは決して許されないことであり、それでも敢えてそのようにする人は、持って生まれた人間としての尊厳を、その時点で決定的に失ってしまうのだと思います。即ち、その人はそのとき、魂に損傷を負うのだと――。

悪神が、人を唆《そそのか》してそのようにさせるのです。自分自身が原因を作り出しているものであるがゆえに、凡夫自ら全面的に引き受けるべき苦しみの一部を、拵えたスケープゴートに引き受けさせることによって軽くする、という「うまい」方法を覚えさせるのです。凡夫を、「一番ちっぽけで強欲で無慈悲な奴は彼だ、責められるべきは彼なのだ」という顚《てん》倒《とう》した思い込みへと巧みに導いて、当然の苦しみを他者に対する怨憎の念に転換する術を、彼に覚え込ませるのです。苦しみが一時的には却って快楽にすら転じるけれども、所詮麻薬の摂取以上の意味を持たない処世法を。

麻薬で得られる快楽に味を占めた者は、それを手に入れるために必要なことならどんな不道徳な行いも不道徳と思わず、どんな無法な行いも無法と思わないように、段々となっていくのでしょう。そしてそのときに、麻薬の代価として悪神が要求するのは魂以外のものではなく、即ち、そのようにして魂の切り売りが行われていくのです。

私は敵たちから、公然たる攻撃を受けることはほとんどなかった代わりに、Zを得てからのことに限っても、最低でも二年数か月の間、卑怯極まる彼らがこっそり不法投棄する、ゴミや汚物の捨て場であり続けなければなりませんでした。繰り返しますが、Zを宿したことによって優れた焼却設備となった身体Hの中に、時を選ばず不法に投げ込まれるゴミや汚物を、その本質が不滅の〈火〉であるZが四六時中燃やし続けたのでした。
投げ込まれるゴミや汚物を、もしもZが燃やし切れなければ、乗り物Hはそれらのものの下敷きになって窒息死し、地上にZの居場所がなくなります。言うまでもなく、悪神が真に欲しかったのは、まさにそのような結末だったのです。

私の脊椎及び頸椎が、レントゲン写真の映像を見るならばびっくりするほど、あっと言う間に歪んでしまい、第一には肉体的に苦痛であるし、第二にはできる仕事に大きな制約を受けるようになったことは、必ずしも悪しきパワーによる攻撃を受けたことだけが原因ではなかっただろうと思います。Z（D）が持っている〈愛〉としてのエネルギーの強烈さが、母体Hに対して内側から、あまりにも大きな負荷をかけ続けたせいでもあったはずだと思います。

肉体の健康や、生活していけるだけの収入が得られる働き口や、自分にとってそれぞれの意味において大切な様々な人たちとの繋がりといったものは、いずれも普通の人がこの世に生きていくのに必要な条件の一つです。Z（D）を擁するこの身体が生きていくということは、どんなに懸命に抗ったところでそれらを確実に、少しずつではあるけれども失っていくということでした。

この世を追われ追われて段々居場所がなくなっていくことに対して、身体が本能的な恐怖を感じないわけがありません。何かに没頭しているときには、心の中に恐怖が頭をもたげられる隙間がないのですが、ちょっと一息吐いているような状況で、それは何故か屡々《しばしば》、子供の頃によく体験したある感覚のリアルな想起を伴って、突然この身を襲うことがありました。

はっきりと感じられるほどの流れがある川の川床に、足を踏み入れて流れに向かって立っていると、踏んだ砂が踵の下の方から休みなくどんどん崩されていきます。体のバランスを壊す前に、次に足を置く場所を決めて一歩前方に踏み出さないと、人は水の中に仰向けにひっくり返ってしまいます。

子供時代に体験した感覚というのはただそれだけの、それ自体としてはごくありふれたものです。けれどもそれが、この世に生きられる条件が失われていっていることを表す、具体的な身体感覚であるかのように意識に蘇るとき、そのたびごとにゾクッと戦慄を覚えざるをえませんでした。

団体Sを退職した後も、今日に至るまで、生きられる条件は私の力では一つまた一つと失われていく一方でした。私に生への執着があるかぎり、その逆が起こることも、あるいは、この身を一層追い詰める何事かが五年も十年もずっと起こらないということも、ありませんでした。そしてそのときに味わう恐怖感にはやはり、川に入れた足の下の砂が崩れていく感覚がたいていは伴っていたのでした。

それでも、思えば絶体絶命のピンチではいつでも、私にZ（D）を授けたダイモーンが彼方の世界から手を差し伸べて、母体であるこの身を救ってくれたのではなかったでしょうか。完全な死に体になってしまう寸前に、辛うじて次の一歩を踏み送れる余地を拵えてくれたのではなかっただろうか。だからこそ現に、この身体が今もこうして生きていられるのだと思います。

この身が、団体Sという社会においてあれほどの怨みや憎しみに遭い、精神的なレベルに止まらない虐待を被ったのは、私がそこで誰か一人に対してでも、少なくとも悪意に基づいて何か為にならないことをしたからではなかったはずです。私は一度も、自分の立場を有利にしたいがために、誰か――たとえそれが自分に敵対する者であろうと――が良くない行いをしたと第三者にウソを吹き込んだり、人がした行いの意図を悪く曲げて伝えたり、ましてや恥知らずにもデッチアゲを触れ回ったりしたことなどありませんでした。ですから、この身に向けられた一切の怨憎の念は根本的に筋が違っていたのであり、怨みに思ったり強く憎んだりするのならば、敢えて言えばその相手はZ（D）であるべきだったし、ひいてはその父なる愛のダイモーンでなければならなかったでしょう。

したがって、筋違いな負の感情の虜となった者たちの人間的転落がどれほど無残なものだったとしても、私はこの身体Hに、そのことに関して負うべき責任があるわけではなかったと思います。

しかし、そうは言っても、狭い空間に毎日机を並べて、お互い暮らしていくためには否応なく協力して仕事をしていかざるをえない者たち、あるいは、自分たち職員の雇用主として、物質的な糧を直接的に与えてくれる立場にある人たちが、私一人との関わりのゆえに人間的に落ちぶれていくのを見ることは、けっして愉快な気分のものではありませんでした。私はいつも心の底から、それ以上堕ちていかない道を、何とかして彼らに歩んでほしいと思っていました。それ以上自分の魂を損なわない生き方を、神と神の子に対する罪を犯さない生き方をしてほしいと切に願っていました。

☆

あれは、Ｚが二度目の誕生日を迎えてすぐの頃のことでした。担当企業の決算を片っ端から、寝る間も惜しんで確定させていかねばならない季節がまた巡ってきており、そのとき私は心身共に疲れ切って、事務所第二室をコンピューター室とガラス戸で仕切って設けられた畳の間に、しばし仰向けになって目を閉じていました。

だいぶ朦朧《もうろう》とした意識の中で、私は自然と、家族（母と妻ともうすぐ六歳の娘）のことを思っていました。日常と化した戦争において、敵兵たちを背後で操っているのはこの世の存在ではなく、計り知れない破壊的力を持った悪霊であって、この身が命懸けで戦っても力及ぶような相手ではありません。だからその邪悪なパワーによって、最悪の場合、家族との心の絆まで断ち切られてしまうようなことになったとしたら、いくらＺのためにする不退転の決意の戦いであるとはいえ、自分はそんな苦しみに耐えられるだろうか、と自問してみました。すると、自分には到底耐えられないだろう、という答えしか出てきません。

そこで、私は遂に心折れ、その心の中で、天なるわがダイモーンに祈る言葉を呟きました。

「私はとても、これ以上このような任に堪えられる器ではありません。私があなたに授かったものを、どうぞ今私から取り上げてください。私には、これ以上あなたのために戦う力が残っていないからです。またどうか、私のために苦しんでいる、私の敵対者たちを許してやってください」

そして、そのとき同時に、私は職場を去る決心をしました。春の訪れと共に事務局の最繁忙期が終わる――その時を待って。

すると、私の祈りは確かにわがダイモーンに届き、たちまちにしてわが心身は、自分自身びっくりするほど元気を取り戻したのです。本当に久しぶりに、心の平安が蘇ったのでした。

しかし、私が得られた心の平安には、わずか数日間の命しかありませんでした。何故ならば、Zの父であるダイモーンは、この身体からZを取り上げることはしなかったから。けれども、春の訪れを待って団体S事務局を退職するという決心を、私が翻すことはもはやありませんでした。

できることならば、担当個人企業の決算・申告を三月半ばに終えた後、その月末までに残務一切を片づけると同時に退職、というのがベストの筋書きだと思われました。ただ、私は三月決算の法人も何社か担当しており、その決算・申告を終わらせないでは辞められないだろうな、とも思われました。そしてその法定申告期限は五月末日であり、結局、私の実際の退職日はその日になります。

退職後、果たしてどんな再就職口を見つけられるか、何もアテはありませんでした。基山町に高校時代以来の友人がおり、小さな同族会社の専務取締役の立場にあった彼に、そのN社が税務を委託している税理士事務所か、もしくは取引先中のどんな小さな一社でも、もし経理マンを求めているところがあったら紹介してほしい、と頼んでおいたことぐらいが、退職の日までに私が行った唯一の「就活」でした。

一身の命運に関わる不測の事態を避けるために、職場に対して自分の意思を明かすのは辞める一か月前まで待つべきだと思われ、実際その通りにしました。上に対して私が正式に、五月末日を以て退職したいという意思表示をしたのは、五月一日のことでした。已むをえない例外として、秘密厳守を前提に、それ以前に私が心の内を明かしていたのは、家族の他には、再就職口の紹介を依頼した友人と、それぞれ私の担当企業の企業主だった叔父一人と従兄弟一人、そして担当企業の企業主夫人だった従姉妹一人まででした。

叔父といとこ二人にしゃべったのは、この身に対する怨念の渦の中に彼らを置いたままにしておけば、血で繋がる彼らと私との関係の中に、わが敵たちが、あらゆる手段を使って楔を打ち込もうとしてくることが予想されたからでした。何ら真実を知っているわけではない三人の親族が、もしかすると私のために、人間的に大きな傷を負うことになるかもしれないことに対して、手を拱《こまね》いていられなかったからでした。

私は彼らに、本当はこの身に何が起こったのか、それを伝えたくとも伝えられる言葉をまだ持ち合わせていませんでした。そこで、彼らそれぞれに、最も肝心な一事に関するその素直な気持ちだけを尋ねました。自分はもう団体S職員として頑張っていく気持ちを失ってしまったから、五月一杯で別の道に転じることに決めたが、さてあなたはどうしたいか、と。もしよかったら、自分がこれからもずっと、あなたがやっていく事業の会計事務の手伝いをしていくつもりがあるが、あなたは少しばかり勇気を出して、この私に賭けてみる気持ちがあるか、それとも団体Sに留まるか、と……。

親族三人は三人共、何の躊躇もなく私を選んだのでしたが、そのことに関連して一つだけ、良くないハプニングが起こりました。従兄弟が私に対する善意でしたことが仇となって、四月一杯は隠し通すつもりだった私の意思が、一番知られてはいけない人間に知られてしまったのです。

従兄弟は、副業として経営する飲食店の共同出資者であり、また別の企業体の企業主として団体Sの成員でもある一人の人物に対して、自分は団体Sを脱退して会計のことをHに頼むことにするが、あなたも行動を共にしないか、と誘ったのでした。そして、その企業を担当していたのはEであり、最悪なことに、その人物は私の従兄弟から聞いた話をそのまま、Eに打ち明けてしまったのです。

私は、血の繋がりを蹂躙《じゅうりん》されることを厭《いと》う一心から、親族三人を団体から連れて出たかっただけで、何ら野心など持っていませんでした。しかしEは、私に団体Sに対する逆心ありと受け取ったのでした。確かに、そう受け取られても仕方がなかったでしょうが。

しかし、それにしても事務局の事実上のトップだったEは、その任にある者として第一に為すべきことを、そのときにもしませんでした。即ち、「こういう話を聞いたが、本当のことなのか」「もし本当のことなのならば、どうしてそんな馬鹿なマネをするのか」というふうに、彼は私に問い質さなかったのです。

もし彼がそうしていれば、私はその時点で、自分は偏《ひとえ》に勝手な自分の都合で辞めるのであって、事務局に対しても、ましてや団体Sそのものに対しても弓を引く気など更々ないということを、明確に伝えることができていました。そしてそうなっていれば、その後私はもっとずっと円満な形で、団体Sとの縁を終わらせることができていたでしょう。またE自身と他の職員の面々も、その後において理事たちから、言うに言われぬ心の負い目の部分を色々とほじくられたり、筋の通った説明ができない点を責め立てられたりせずに済んでいたはずです。

しかしEがしたことは、自分が担当する企業の企業主の中から理事クラスの有力者何人かを選んで、私が団体Sに対して「謀叛を企む悪人」であることを、証拠を添え、そしておそらくそれに様々な尾鰭を付け加えて、たいていは夜の電話を使って訴えたことだけでした。

事務局内部に限れば、私の「企み」はすぐに全職員に対して知らされていたはずです。それを聞いて、一人一人がどのような思いを持ったかは知れません。ただ、Eの口を介した情報のみに基づいてそれを知った面々の中でも、Gだけは他のスタッフとだいぶ違う受け止め方をし、だいぶ違った思惑を形成していったはずです。

計略にばかり走ろうとするEの軽さを、彼はむしろ喜んで受け入れ、計略の片棒を積極的に担いだのではなかったでしょうか。上に立つ者が早くいなくなる分、自分にチャンスが巡ってくる時期が早まる、という考えを彼が口にするのを、私は何度も聞いたことがありました。だからそんなGにとって、自分が事務局トップへの階段を駆け上っていくためには、年齢も経験年数も大して違わない先輩である私の存在こそ、最も邪魔だったはずです。更には、結果的にEが統括責任を問われ、実質的最高責任者としての寿命を縮めることになったとしても、それもまたGの望むところであったはずです。

四月末日の夜、私は当時の理事長宅を訪れました。彼は私が担当する企業の企業主で、酸いも甘いも噛み分けた感じの、温か味のある七十歳ぐらいの人物でした。彼に会っておこうと思ったのは、自分のプランに綻びが生じ、おそらくは既に私の意思が、大きく誤ってその耳にも入っているであろうことが予想される以上、是非彼にだけは直接会って伝えておきたかったからです——私に叛心《はんしん》などいささかもないこと、そして、団体に対してかけざるをえない迷惑は最小限に止《とど》めたいと思っていることを。

もし伝えられる言葉が見つかるのなら、この身にとって、またこの身を激しく憎悪する敵対者たちにとっても、精神的共有空間としての事務局がもはや耐え難い地獄と化してしまっていることを、何故そうなっているのかという理由を言い添えて、私はその機会に理事長に対して打ち明けるべきでした。しかしやっぱり、そんな言葉を見つけ出せはしませんでした。

だから私は、せっかく理事長を訪ねても、退職を決意した本当の理由については何もしゃべりませんでした。しゃべることができなかった。私はただ頭を下げて、自分がその場で、誰に対しても極力公平であるべきことだけを念頭に置きつつ、彼に願って言いました。この身との間で、お互いどうしても折り合いのつけられないスタッフが複数いて、どちらかが出ていかなければ事務局がもたないのだけれども、一人のこの身が上司を含む複数の人間を追い出すわけにもいかないので、ここは自分が身を引くほかありません、と。そうすれば、残った皆はそれぞれ我に返り、改めて自分の責任を自覚するようになって、事務局が健全な職場に戻るはずだから、どうか自分のわがままを見逃してやってほしい、と。

理事長は私が「辞める」ことを嫌い、「あんたが中心になってやっていきゃよかじゃなかな」と、引き止めようとしてくれました。しかし、私の決意の固さを感じ取って、最後は「わがまま」を聞き入れてくれたのでした。

☆

五月一日九時の始業時刻に、幸いにして参事Jも会計主任Eも、事務所に顔を揃えていました。そこで、このときと思い、私は事務局に対して初めて、その月の末日を以て退職するつもりでいる旨を、自分の口から正式に述べ伝えました。無論、私のその意思は全スタッフが既に知っていることだったわけで、誰も驚く者はいませんでした。

それから、次に私は、そういうわけで今日はこれから一日かけて、担当企業への挨拶回りに行かせてもらいたいと申し出て、上司二人からの形式的な了承を取り付けました。そして、五月晴れの好天気だったから、担当企業五十社余りのほとんどをその日一日で回り切るつもりで、当時五万円もした愛用自転車に乗って、朝から出かけたのでした。

　事務所に近い企業から順に回ることが合理的だと思われ、その方針で回り始めました。ところが二、三軒回るうちに、何か明らかに様子がおかしいことに気づかざるをえませんでした。応対した企業の側がどこも、私が退職の意思を伝えに来たのであることを予め知っていたことに関しては、団体内に情報が流布していった速度が予想以上のものだったようだ、というふうに考えることもできました。

　しかし相手は、その日その時に私が「挨拶回り」に訪れるであろうことさえも、どうやら知っていたように感じられました。というのは、私と言葉を交わした人の誰一人として、せめて上辺だけでも、「そんなことは寝耳に水だ」「驚いた」という、当然予想される反応を示した人がいなかったからです。また、「どうして辞めるのか」という、これまた必ず問われて然るべき問いを発した人も、一人もいなかったからです。そして、彼らが私に見せた表情は皆一様に強ばり、蒼褪めてすらいて、辛うじて発せられたのは全然血の通わない、「そうですか、お世話になりましたね」という通り一遍の挨拶言葉だけでした。

　人の気持ちを察することにあまり自信がない私でも、彼らがそのような顔色と態度とによって表していているのが、寄せていた信頼を裏切られたと知ったことによる極めて生々しい衝撃と、裏切った私に対する深い憤りの念であることは、自ずと察せられました。

そして勿論、彼らが私の顔を見る直前に受けたはずである。その痛ましい衝撃が何によるのかも、すぐに正しく推理することができました。即ち、私が彼らの店や、事務所や、自宅などに到着するよりも、最短では一、二分先に、彼らの耳に「触れ」が届いていたはずでした。ということはつまり、事務所には電話機が五台あったから、そのうちの二台以上を使い、会計主任と、彼の指図に従って少なくとも誰かもう一人が、私が回ってゆくであろう順路を的確に予想しつつ、私の出発と同時に「触れ」回ったに違いありませんでした。

その「触れ」が具体的にどのような言い回しでなされたのかについては、想像の域を出ません。しかし、会って短い言葉を交わした一人一人が示した表情と態度から察せられた、その心の中にわだかまっている感情の深刻さから考えて、会計主任によって作成された「触れ」の主旨は、およそ読み解くことができました。

「Hが自分の野心を満たすために、担当企業を団体Sから引き抜こうと企んでいる」

そんなふうに言われたのでしょう。そして、「これから彼が挨拶回りに向かうが、もし団体の脱退を唆《そその》かされても、そういうわけだから決して話に乗らず、追い返してほしい」というふうに話が結ばれていたに違いありません。

前夜理事長に対してそうであったように、その日も、もし出向く先々で問われたとしても、私には退職の本当の理由を語る言葉の用意があるわけではありませんでした。誰に対してであろうと、それは同じでした。しかしそれにしても、何故辞めるのかについて誰にも何も聞かれないということが、とても寂しくも感じられました。会うべき人たちに会うことが非常に辛くなっていくばかりで、やっていることの意味がないように、段々と思われていきました。

十五、六軒ほど回ったところで、沈んでいく一方の気持ちを立て直そうと、私は挨拶回りを中断し、独り暮らしをしている母親の家に立ち寄りました。因みに、今も在る旧団体S事務所建物と、私の自宅との中間に、その家もやはり今でも残っています。そして、団体Sは今では消滅し、建物には一個の税理士の看板が掲げられていますが、私の母親は九十歳を過ぎてなお健在で、しかも独り暮らしをし続けています。

それはともかく、そこで暫し、コーヒーを呼ばれながら精神的な疲れを休め、頭の中を整理する時間を稼いだ後、正午めがけて私は、一旦事務所に戻りました。そして、担当企業の名簿を手にすると、「食事に行ってきます」と告げて、今度は自宅に直行しました。
母親の家で休んでいた時間に、担当先全軒を回るつもりだった当初の方針を変更し、どうしても直接顔を合わせておく必要があると思われる何軒かを除き、午後はもう回らないことに決めていたのです。回らずに自宅からの電話で、月末退職の報告と、それが急なものであることのお詫び、そして長い間引き立ててもらったことに対する謝意の表明を済ます方針に転じていたのです。その結果、電話による連絡は、話のできる相手が昼間は不在であるケースも二、三割ぐらいはあったので、その日の夜九時を過ぎてやっと完了したことを憶えています。

さて、午前中と午後で「運気が変わった」というようなことなのか、私に対する人々の反応が、良い意味で午後は一変しました。電話によるものであれ、口頭による少数のケースであれ、午前中に対面した人々の氷の如き反応とは全然違う、血の通った、人間の心のものである反応に、数多く触れることができたのでした。そうした反応の一つ一つが俄然私の心にパワーを蘇らせ、その日の終わりには私はすっかり元気になり、一種の高揚感にすら浸っていたのでした。

ただし、血の通った反応を示した人たちも、私が辞める理由を本気で訊いてきはしませんでした。彼らもおそらく、午前中の「触れ」か、またはそれ以前に得ていた情報の内容から判断して、私が担当企業の「引き抜き」をしようとしているらしい、とは捉えていたのでしょう。また、当日の「触れ」ないしそれ以前の情報に対する価値判断をいかにすべきか、そして私への対応をいかにすべきかを企業主間で話し合った、ということもきっとあったのだろうと思います。

そんな彼らの中には、私の本意を確かめることは省いて一足飛びに、私が団体Sを退職して自立するなり何なりするのなら、自分も団体を脱退して私に付いてくると明言する人たちが、三人や四人とはいわない数含まれていました。

「うちゃ、（会計の仕事を）S会（団体S）に頼んどるとじゃないとじゃけ。Hさんに頼んどるとじゃけ」

そんな熱い言葉を聞かされ、私は思わず涙が込み上げてくるのを堪《こら》えたものでした。

そうした言葉はさすがに全く想定外だったし、彼らが期待するような身の振り方をする考えも、私はそもそも全然持っていませんでした。それに、もし私が、脱退して付いてくるという不特定多数のメンバーを連れて、さしあたってどこかの税理士の傘下に入るというようなことになれば、団体がそれを了承するのでないかぎり、それは「謀叛」以外の何ものでもなかったのです。

そのような行動を取るつもりは毛頭なかったにもかかわらず、私に対するそれほどに熱い思いが、驚くほどに数多くあることを知って、私の心は乱れました。彼らの事業の存続ないし発展のために、決してきれいごとだけでは済まない仕事を厭わず力を尽くしてきた私の働きを、彼らは最大限に評価し、私という人間を信頼してくれていた。そんな彼らを、血の繋がりがあるがゆえに自分の巻き添えを食わせたくなくて、一緒に連れて出ようとしている三人と区別することはできないように思われました。団体Sに弓を引くことはできないけれども、それでも彼らの気持ちには可能な限り応えるべきだろうと思われました。

また、叛意など少しも持っていなかったにもかかわらず、実際には多くの人に真反対に受け止められてしまっているという現実は、私にとってそのまま受け入れるにはあまりにも厳し過ぎるものでした。人々のその誤解は、自分の進む道がどう決まっていくにせよ、できる限り正しておきたかった。

退職の意思を翻すことは、仮にそうしたいと思ったとしても、もはや不可能でした。それを前提として、「謀叛」にならず、しかも、付いてくると言う人たちの気持ちにも応えられる、そんな道がないだろうか――正午に始まって夜の九時過ぎまで、私は全力で行動しながら、心の奥のほうではその答えを必死に模索していました。

とんでもなく長いものになった一日の終わりに、私はどうにか腹を固めました。自分に差された杯を、拒まずに、一先ず全部飲み干そうと決心したのです。自分に付いてくるという人たちの気持ちが本気であり、土壇場でひっくり返るようなものでないかぎり、それを全て受け入れよう、と。

どうやら既に自分が事実上、この世のものを巡っての「戦争」に突入してしまっていることを、覚らざるをえませんでした。そして私が、背中を押す人たちに対して一斉に明確な受諾の返事をすれば、それが正式な宣戦布告になります。そうなると、その時点から数日中にも理事会が開かれ、集団脱退者が出ようとしている事態に団体としてどう対処すべきか、議論されることが予想されました。その場において、わが行いは間違いなく厳しい指弾を受けるでしょう。そして、この身は散々な罵言を浴びせられるかもしれない。しかしこの身にはもはや、それを避けて通る道などないように思われました。

そして、私には勝算が全くなくはありませんでした。というのは、理事会がたとえどんな決議をしようと、それぞれの自由意志で脱退しようとするメンバーを、団体として強制的に引き留めることはできないはずだからでした。それは事務局の立場に立ってみても同断で、どうか出ていかないでほしいと要望することはできても、それ以上のことは何もできないはずだからでした。

事をあくまで一職員による「謀叛」として受け止め、団体として断固厳しく対処すべきことを主張する理事もいるかもしれない、とは思われました。また、私が去ったあとの団体の中で、この身に関する、いったいどんな無惨な虚像がデッチアゲられていくのだろう、という暗澹たる思いが頭の中を過《よぎ》らなくはありませんでした。

しかし、もし団体が人を「謀叛人」として公式に断罪しようとするならば、その前にまず「取り調べ」は行われなければならないでしょう。そのとき、その任に当たる理事たちが、私の親族三名以外の誰から直に「事情聴取」を行おうと、良心に従って公正な立場でそれを行ってくれるかぎり、私は期待することができました——Hが自分のほうから脱退を誘った担当先など一つもなかった、ということが明らかになるはずだ、と。即ち、そもそもHに叛意などなかったことが証明されるはずだ、と。

また、そうした道義的な次元の問題とは別に、私が去った後の事務局は、ひいては団体は、極めて現実的なレベルにおける一つの重大事に直面せざるをえないはずでした。それは、私の受け持っていた仕事の全部を、取り敢えずでも残りのスタッフで手分けしてやりこなすことが果たして可能か、という問題でした。

脱退者数が極めて微々たるものだった場合でも、理事たちは事務局に、先ずは残りのメンバーで乗り切るように要請するだろうと思われました。比較的特殊な、経験を要する仕事ですから、事務局の守備能力に開いてしまった穴を埋められる即戦力を求めても、いつ獲得できるか分からないからです。かといって、経験のない人材を入れて育てるためには、半年や一年では到底足りない時間を要することも、彼らは十分承知しているはずだからです。

また、事務局スタッフにとっては、私に支払われていた給料相当額を、各人の仕事の増加割合に応じた昇給額として分かち合える、というふうに想定することによって、職務に対するモチベーションが格段に上がるかもしれません。

それでもやっぱり、それは難しいのではないか、と私には思われました。

道義的な次元の問題に関しても、現実的なレベルの問題についても、それらのことを全て踏まえたうえで団体がどういう裁きをするものか、ちょっと見物《みもの》だなと、自分が置かれた状況を密かに楽しむ気持ちの余裕すら、その夜遅くには私の中に生まれていました。

仮に、団体にとって無視できない数の脱退希望者があったとしても、「彼らの自由意志をどうこうすることはできないではないか。重んじるほかないではないか」という決議にさえ至れば、この身は少なくとも公的には「謀叛人」ではなくなる――冷静に考えて、私にはそれで十分でした。

8 この世のものを巡る戦いの行方

パレスティナ北端のガリラヤは、紀元前八世紀以来ずっと、アッシリア、バビロニア、ペルシャ、マケドニアの支配下にあり、それらの国の文化や宗教の影響に曝され続けてきた地域でした。イエスが生きていた時代には、ヘロデ王の息子アンティパスによって治められていましたが、マケドニアによってもたらされたギリシャ風の町々が数多く建設されていて、正統的なユダヤ人にとっては、そこは政治的・文化的な辺境だったし、ガリラヤ人は「異邦人」に他なりませんでした。

イエスはそんなガリラヤのナザレという町に、ヨセフとマリアとの間の長子として生まれて育ちました。あるいは、ユダヤのベツレヘムで生まれた後、エジプトでの避難生活を経て、二、三歳の頃ガリラヤに移住してき、ナザレの町で育ったのかもしれません。

父ヨセフは大工でした。きっとイエスもある程度の年齢に達してからは、大工の技術を父に学び、弟妹の多かった家族の生活を支えていたのではないでしょうか。

そのようにしながら、内面的には敬虔なユダヤ教徒として暮らしていたイエスを、多分三十歳ぐらいのとき、突然神が襲ったのでした。彼は、神の子を宿しました。しかも、ユダヤ人であれ「異邦人」であれ知らぬ者はいない、「キリスト」と呼ばれて人々に待ち望まれている存在を。

キリストを得たイエスは、ヨルダン川下流東岸で洗礼を授けていたヨハネの許を訪ね、洗礼を受け、彼によって初めて、自分がキリストとなったことの客観的な証しを得ます。そして一旦、故郷ガリラヤへとサマリアを通って帰っていきます。おそらくは道々、生まれて初めて、キリストとしての自らの教えを説きながら。

ガリラヤが、エルサレムを中心に据える価値観からすれば「辺境の地」であった分、当時のユダヤ教の諸権威を真っ向から批判するような宣教活動を、イエスはそこでは行いやすかったでしょう。したがって、先ずガリラヤの民衆の間に、彼の教えが広まっていったのではなかったでしょうか。もし彼が、専らガリラヤ内に止《とど》まって活動をしていたとしたら、少なくとも磔刑に処されるようなことはなかったに違いありません。

しかし、イエスはエルサレムへの道を、十字架への道を歩んだのでした。

エルサレムは、紀元前十世紀にダビデ王がここを都と定め、次のソロモン王がここに神殿を建立して以来ずっと、イスラエル民族の政治的中心であると同時に、宗教的・文化的中心であり続けていました。

　イエスが生まれる少し前には、ユダヤ教とイスラエル民族そのものの象徴ともいうべきエルサレム神殿に、ヘロデ王によって大規模な拡張工事が施されていました。その結果、ユダヤ教の祝祭日には、地方からますます多くの巡礼者が神殿参詣のために上京してきて、たくさんのお金を落としていきました。神殿がもたらす大いなる需要が、エルサレム住民の活発な経済活動を支えていました。エルサレムは煌《きら》びやかで豊かな、万人にとって憧れの都でした。

　おそらくイエスも、ガリラヤの地で青年へと成長していった過程で、聖都エルサレムへの小さからぬ憧憬を抱いていたのではないでしょうか。しかし、少なくともキリストとなってからの彼の心の眼には、それは必ずしも「聖なる」都とは映っていませんでした。むしろ、表向きの煌びやかさの陰に潜む穢れこそが映っていました。

『ヨハネによる福音書』に拠るならば、キリストとなってからのイエスは、ユダヤ教の大祭に合わせて、合計三度エルサレムに上っています。三度目に上ったときに捕らえられ、処刑されたのですが、そんな悲劇的な結末を予感させるような、彼のド派手なパフォーマンスが、第一回目の上京の折の出来事として記されています。
商業活動の場と化してしまった神殿敷地内の現状に、イエスは強い嫌悪感を覚え、怒りを爆発させます。商売用の家畜や鳩を、縄で鞭を作って追い出し、両替商の台をひっくり返して絶叫したのでした。
「これらのものを持ってここから出て行け！　私の父（なる神）の家を、商売の家とするな！」（ヨハネ書二―一六）
そんなことをされた商業者たちは、イエスの行いを狂気の沙汰としか受け止めることができなかったでしょう。それでも、イエスという人物に何がしかの積極的関心を抱いていたユダヤ人たちが聞きます。
「こんなことをするからには、あなたは（神の子としての）どんなしるしを私たちに見せてくれるのですか」（二―一八）
イエスは答えて言います。
「この神殿を壊したら、私は三日の内にそれを起こすであろう」（二―一九）
ユダヤ人たちは問い詰めます。

「この神殿を建てるのには四十六年もかかっているのに、あなたは三日の内にそれを建てるのですか」（二―二〇）

作者ヨハネは、イエスがここで言ったのは、死して後三日で蘇ることになる自分の身体のことだった、と説明しています（二―二一）。しかしこの場面で、イエスの言行の意味を少しでも理解しえたユダヤ人が、果たして何人いたでしょうか。神殿から利益を得て生活している全ての人々にとって、このようなイエスの行いは到底許し難いものだったでしょう。また、ユダヤ教の権威たちは、こうしたことを自分たちへの挑戦と受け止めたに違いありません。

しかしイエスという人物は、内なるキリストの尊厳が傷つけられるようなニセの信仰に直面した場合には、目の前の大小の敵に対する一切の遠慮や容赦を、自分自身に対して許せない人でした。

過越《すぎこし》の祭りや仮庵《かりいお》の祭り等、ユダヤ教の大祭の折に都に上れば、ガリラヤや道中のサマリアでの宣教活動に比べ、イエスはきっと毎回何十倍、何百倍もの聴衆を得ることができたのでしょう。彼はそれを狙って、内なるキリストの存在を一人でも多くに知らしめるべく、また、できることならキリストが放射する〈真理〉の種子を一人でも多くに植え付けるべく、エルサレムでの宣教活動にこだわったのでした。生命の危険を察知してからもなお……。

そしてそのことは、イエスが自分自身をごまかすのでないかぎり、内なるキリストを自ら裏切るのでないかぎり、「正統」を自認する大多数のユダヤ教徒たちに対する、殺意すら抱かれるに至る厳しい批判と同時にしかなされえないことだったのです。

☆

「神の国」について、イエスは人々にどう説いたのでしょう。

「誰でも、新しく生まれなければ『神の国』を見ることはできない」(三—三)、また「誰でも、水と霊とから生まれなければ神の国に入ることはできない」(三—五)と、心の刷新が「神の国」に入れる条件であることを彼は説きました。

暴力的な手段に訴えて性急に、全イスラエルをローマ帝国の支配から解放することとこそ、「神の国」の実現であると考える過激派グループもありました。「律法」至上主義のパリサイ派は、エルサレム神殿を中心とする祭政一致の体制を確立し、ダビデ王国を再建することが「神の国」の実現だと考えていました。また律法学者や祭司長らは、帝国による支配を容認しつつ、エルサレムにおける自分たちの既得権益だけは維持し、「律法」を形式的に遵守して、神殿に関わる諸々の行事等を取り仕切り続ける中で、できるだけ緩やかに「神の国」が実現していくことを望んでいました。

しかし、イエスが突き付ける「神の国」は、それらのいずれとも異なっていました。それは、何度も繰り返しますが、彼は独り、キリストが他のどこでもない自分自身の中に、確かに存在していることを知っていたからでした。自分の中のその神の子が、現に直接的に神と繋がっていることを知っていたからでした。神のことをごく自然に「わが父」と呼ぶほどに、キリストとして、深く神と繋がっていたからでした。

だからイエスにとって「神の国」とは、どこか空間的に隔たったところにある楽園でも、いつか将来的に訪れる夢の世界でもなく、神の子としての神との繋がりにおいて、既に自分の中に実現している世界に他なりませんでした。

けれども、ほとんどの人の心の眼は分厚い鱗《うろこ》で覆われていて、見るべき大事なものが見えていませんでした。即ち、目の前のイエスの内部には神の子キリストが存在している、という事実が。そして、ということはつまり、既に地上に「神の国」が存在している、という事実が。

ユダヤ教の権威たちは、宗教に関わる者としての欺瞞性を指弾されざるをえませんでした。彼らの提示する「神の国」に、実は神などいるはずがなかったのですから。彼らはそもそも神を知らず、したがって当然神によって知られておらず、真の「神の国」とはおよそ無縁の存在だったのですから。

イエスは彼の信者たちに対しても、「神の国はあなたがたのただ中にある」という言い方をしています。何故そう言えるかといえば、そもそも人の魂というものは、神を、神の〈精細胞〉を迎えるべき器として存在しているからだと思います。たとえ「キリスト」といえども、一個の人間の魂が神の〈精細胞〉を得られたことによって〈発生〉した、一個の〈真我〉以外のものではないはずです。したがって、それは難事中の難事ではあるけれども、魂さえ台無しにしないかぎり、人は誰しも〈真我〉を得る可能性を持つからです。即ち、神の子として生まれ変わる可能性を持つからです。つまり、誰にでもそれぞれの

「神の国」を築ける可能性があるからです。

「神の国」といっても、絶対的な力を持つ神によって一方的に造られる世界、ということを意味するわけではありません。神の特別な恩寵を受け、その分身たる〈真我〉を得た魂たちが、先ずそれぞれにそれぞれの「神の国」を築いていくのです。そして最終的には、〈真我〉に進化した全ての魂によって築かれた全ての「神の国」の有機的総合体が、全体としての「神の国」の完成形を形成するのです。


人が自分の「神の国」を建設できるかどうかは、〈真我〉を得られるか否かということと同義です。〈真我〉を得るためには、神の〈精細胞〉を得なければなりません。そしてそれを得るためには、魂としての己れの存在が、神の強い関心を惹かねばなりません。しかし、それが容易なことではないのです。

けれども、あまりにも短くはあったのですがキリストが地上に在った期間、人の魂を〈真我〉にするという神の業《わざ》が、その子によってもまた可能だったのです。少なくともイエスは、内なるキリストが持つ、人の魂に対する生殖能力を信じて疑いませんでした。それは、己れの内なる存在がキリスト以外の何者でもないことを信じることと一体の事柄でした。神に対する全面的信頼のなかでイエスは確信していました――神が自分に対して為した、その分身を授けるという業を、代わって今度は内なる神の子キリストが、信仰によって浄められ強くされて準備のできた人たちに対して為しうるはずだ、と。

ユダヤ教徒であろうと「異教徒」であろうと、人が真に神と出会うこと、即ち神によって知られるということは、駱駝《らくだ》が針の穴を通ることに譬えられるほどの難事です。ところが、神の分身が既に地上に降りてきているというのであれば、その分、難しさの度合いは減るはずです。ましてやイエスは、そのキリストが自分の中に存在していることを、色々な方法を用いて人々に認識させられる立場にありました。彼は人々にズバリ、「私の中に、あなたがたが待ち望んでいたキリストがいる。このキリストを信じて心を開くならば、あなた自身を神の子にしてあげよう。『神の国』に、直ちに入れてあげよう」と言うことができたのでした。

☆

イエスが提示した「神の国」が持つ一つの魅力的な属性として、「永遠の命」という要素がありました。〈真我〉が不滅のものである以上、それは当然のことではありますが、「永遠の命」が得られると明言することによって、聴衆の関心を惹きつけることが格段に易しくなったのではなかったでしょうか。社会の底辺で喘いでいるような聴衆であればあるほど、心の奥で、信仰の見返りとしてイエスが約束する幸福こそ、どんな地上的価値にも勝っていると思われたに違いありません。

例えば、ユダヤから故郷ガリラヤへの帰路、サマリアで、同じ井戸から水を汲むことになった一人の女性に、イエスは福音を宣《の》べます。

「私が与える水を飲む者は、いつまでも渇くことがないばかりか、私が与える水はその人の中で泉となり、永遠の命に至る水が湧き上がるであろう」（ヨハネ書四—一四）

そして、「安息日」を破って病者を癒す業を行ったこと、また神を自分の「父」と呼んだことを非難されたとき、非難者たちの背後で耳を傾けている無垢なる心たちに向かって、自分の与えるその「永遠の命」がそもそも何に由来するのかを彼は述べます。

「父（なる神）が、死人を起こして命をお与えになるように、子（なる私）もまた、その心に適う人々に命を与えるであろう」「私の言葉を聞いて、私を遣わされたかたを信じる者は、永遠の命を受け、（最終審判によって）裁かれることなく、死から命に移っているのである」「死んだ人たちが、神の子（キリスト）の声を聞くときが来る。今既に来ている。そして、それを聞く人は生きるであろう。それは、父がご自分の中に生命を持っておられるのと同様に、子にもまた、自分の中に生命を持つことをお許しになったからである」（五―二二／五―二四／五―二五～二六）

また、イエスが経験する最後の過越祭が近づいていた頃、既に彼の「追っかけ」となっていた熱心な聴衆に向かって言います。

「私は自分の衝動で語ったのではなく、私を遣わされた父ご自身が、私の言うべきこと、語るべきことをお命じになったのである。私はこの命令が、永遠の命を意味することを知っている」（一二―四九～五〇）

「永遠の命」を得るためには、人は何を為すべきか、どのような心掛けでいるべきか、ということについても、勿論イエスは説いています。

ガリラヤ湖畔で、たったパン五個と魚二匹を種として、五千人の聴衆を満腹させる食糧をたちまちにして生み出す、という奇蹟を見せつけた翌日、湖の東岸から西岸へと前夜のうちに居場所を移していたにもかかわらず、押し寄せてきた群衆に向かってイエスは言います。

「朽ちる食物のためにではなく、永遠の命に至る、朽ちない食べ物のために働くがよい。これは、人の子（の中に存在しているキリスト）があなたがたに与えるものである。父（なる神）は人の子にそれを委ねられたのである」（六―二七）

「永遠の命に至る朽ちない食べ物」とは無論、イエスの中からキリストが放射し続けている、最強にして無尽蔵の創造のエネルギーのことです。〈真理〉自体が持つ永遠不滅の、〈生命〉としての、〈愛〉としてのエネルギーのことです。イエスがキリストとして言います。

「私が天から下ってきたのは、私を遣わされたかたのご意志を行うためである。ご意志とは、私に与えてくださった者たちを、私が一人も失うことなく、終わりの日に蘇らせることである。私の父のご意志は、子（であるキリスト）を見て信じる者が、ことごとく永遠の命を得ることなのである。私はその人たちを、終わりの日に蘇らせるであろう」（六―三八～四〇）

だから、「永遠の命」を得たいと思うならば、とイエスは説きます。

「私が与えるパンは、世の命のために与える私の肉である。人の子（の内なるキリスト）

の肉を食べず、またその血を飲まないならば、あなたがたの内に命はない。私の肉を食べ、私の血を飲む者には永遠の命があり、私はその人を、終わりの日には蘇らせるであろう」（六―五一～五四）

神即ち生命の本源に由来するから、キリストが与える生命のエネルギーは永遠不滅です。形あるものは必ずいつかは滅しますが、命そのものには初めから形がありません。だから、それが何に宿るかが移り変わっていくだけであって、それ自体は決して滅びることがありません。滅びるのは、一時的に命を宿す媒体だけです。命こそが、神の本質なのです。

イエスはまた、キリストを受け入れるならば、究極の知恵が得られることを説きます。エルサレムで、群衆の中の健全な魂たちに向かって、約束して言います。
「私は世の光である。私に従って来る者は、闇の中を歩くことがなく、命の光を持つであろう」「私の言葉のうちに止《とど》まっているならば、あなたがたは本当に私の弟子なのである。また、真理を知るであろう。そして真理は、あなたがたに（真の）自由を得させるであろ

う」（八―一二／八―三一〜三二）

☆

霊的存在であるキリストには、彼を抹殺することこそ己れの存在意義なりと心得ている宿敵が、やはり霊的次元に存在していました。この上なく邪悪であるうえに、地上の人間が束になってかかっても到底及ばないパワーを持った存在で、「悪魔」とも、「サタン」とも呼ばれていました。それは、私がここまで「恐怖のダイモーン」と呼んできた存在と別のものではありません。

人々の心の深層に隠れ潜みながら、見えない糸を操って彼らを支配し、あたかも彼ら自身であるかのように振る舞っている「悪魔」の存在を、キリストの照射する光が瞬時にして明らかにします。「私たちの父は神である」と主張するユダヤ人たちに、イエスは言い放ちます。

「神があなたがたの父であるならば、あなたがたは私を愛するはずである。私は神から出た者、また神から来ている者だからである。だが実は、あなたがたの父は悪魔であって、あなたがたはその父の欲望のままを行おうと思っている。彼は初めから人殺しであって、真理に立つ者ではない。彼の中に真理はない。私が真理を語っているのに、あなたがたは信じようとしない。神から来た者は神の言葉に聞き従うのに、あなたがたが聞き従わないのは、神から来た者ではないからである」（八―四二～四七）

「悪魔」が用いる常套戦略の一つは、人の心に頑なな猜疑心を植え付け、邪推ばかりするように人を仕向けることです。エルサレムの聴衆にイエスが、自分（の内なるキリスト）を信じて従うならば「永遠の命」を与えよう、との福音を宣《の》べていたとき、聴衆の中に、石を取って彼を打とうと身構える者たちがありました。自分を石打ちにしようとする理由を彼が尋ねると、彼らは答えて言いました。

「あなたを石で殺そうとするのは、神を汚《けが》したからである。また、あなたは人間であるにもかかわらず、自分を神としているからである」（一〇―三三）

イエスは「律法」の文言を引き合いに出しながら、反論します。

「父（なる神）の聖別によって世に遣わされた者が、『私は神の子である』と言ったとて、どうしてそれが神を汚すことになるのか……もし私が父の業《わざ》を行わないとすれば、私を信じなくてもよい。しかしもし行っているなら、たとえ私を信じなくても、私の業を信じる

がよい」（一〇―三六～三七）

「悪魔」がよく用いる戦略の一つはまた、キリストを、キリストに繋がる者もろともに、人をして憎ましめることです。キリストの乗り物としての身体イエスや、その弟子たち一人一人が世に憎まれ、世から孤立させられます。地上での最後の晩餐を終えた後、将来弟子たちが出遭わなければならないであろう艱難を思い遣って、イエスは彼らに語ります。

「もしこの世があなたを憎むなら、あなたがたよりも先に私を憎んだことを知っておくがよい。もしあなたがたがこの世から出た者であったならば、この世はあなたがたを自分のものとして愛したであろう。しかしあなたがたはこの世の者ではない。私があなたがたを、この世から選び出したのである。だからこの世はあなたがたを憎むのである」（一五―一八～一九）

人の無知や心の弱さ、抱えている良心の呵責などにつけこんで、人を神に対する決定的な背反へと誘導するというやり方もまた、「悪魔」が得意とする戦略です。最後の晩餐の後、イエスは続けて弟子たちに、人の振りを見て自らを戒めることを促して言います。

「彼らは私の名のゆえに、私を迫害したのと同じことを、あなたがたに対してするだろう。それは、私を遣わされたかたを彼らが知らないからである。もし私が来て（自分がキリストであることを）彼らに語らなかったならば、彼らは罪を犯さずに済んだであろう。しかし今となっては、彼らにはその罪について言い逃れる道はない」（一五―二二～二二）

身体イエスにも、キリストに手強い敵が存在していることが分かっています。だから、キリストによって〈真我〉を得られるかもしれない魂を、その「悪魔」から、自分の努力不足のせいで一個でも掠《かす》められることがないよう、彼は日々極限までの力を尽くします。おそらくは毎日が一週間にも十日にも感じられる辛苦に耐えながら、世を去るその日その瞬間まで、彼が力を出し惜しみすることはありませんでした。自分を羊飼いに、キリストを信じる者を羊に擬えて、彼は優しく呼びかけています。

「私は羊の門である。私より前に来た者は皆盗人であり、略奪者である。私を通って入る者は救われ、出入りして、牧草にありつくであろう」「私は良い羊飼いであって、自分の羊を知り、私の羊はまた私を知っている。それはちょうど、父（なる神）が私を知っておられ、私が父を知っているのと同じである」（一〇―七～九／一〇―一四～一五）

また、人の心が邪悪な霊的パワーに屈しないでいられるために、人に求められる覚悟をイエスは説きます。過越祭《すぎこしのまつり》が近づき、神殿を礼拝しに都を訪れていた群衆に向かって言います。

「自分の命に執着する者はそれを失い、この世で自分の命を憎む者は、それを保って永遠の命に至るであろう。もし私（の内なるキリスト）に仕えようと思う人があれば、私に従って来るがよい。そうすれば、私（の内なるキリスト）のいるところにその人もまたいるであろう」（一二―二五～二六）

キリストを信仰するならば、その敵である「悪魔」が、人々の心の中の闇や世の仕組みの陰から糸を引くがゆえに、間接的にでもそれと戦わざるをえません。世による理不尽な迫害にうんざりするほどたびたび直面するとき、ただ惨めに泣いていず、信仰者なりの仕方で、その不条理な世と断固戦わなければなりません。ただし、いかなる苦難にも挫けずに信仰を貫き通した果てには、その報いとしてどれほどの幸せが待っているか、すぐそこまで迫ってきている自分の死を予感する中、イエスは弟子たちに言い遺します。

「私の（父なる神）の家には、住む処がたくさんある。私はあなたがたのために、場所を用意しに行く。そして、行って場所の用意ができたなら、また来て、あなたがたを私のところに迎えよう」「私を信じる者は、その人もまた私の行っている業をするであろう。私の名によって願うことは、何でも叶えてあげよう」「私は父にお願いしよう。そうすれば、父は別に助け主を送って、いつまでもあなたがたと共にいさせてくださるであろう」（一四－一二～一三／一四－一二～一三／一四－一六）

「助け主」とは「真理の聖霊」であり、それがイエス＝キリストに代わって全てのことを弟子たちに教え、自分が説いておいたことを残りなく思い出させることになる、とイエスは約束するのです。

弟子たちに全てのことを言い遺した後、続く場面でイエスは、やはり弟子たちやその他の信者たちのために、今度は神に祈ります。先ず神に、彼らが本当の信仰に入った者たちであることを証言して申し述べます。

「（父なる神よ、）私はあなたからいただいた言葉を彼らに与え、そして彼らはそれを受け、私があなたから出た者であることを本当に知り、また、あなたが私を遣わされたことを信じるに至りました」（一七－八）

今では彼らのことを、事実その通りに思えるようになったがゆえに、イエスは彼らに代わり、神に願って言います。

「私に賜った（キリストという）御名によって、彼らを守ってください」（一七―一一）

続けてイエスは、弟子たちには自分のような非業の死を遂げさせることなく、地上に在りながらの彼らを守護してほしいと訴えて言います。

「私は彼らに、あなたのみ言葉を与えましたが、世は彼らを憎みました。私がこの世のものではないように、彼らもこの世のものではないからです。私がお願いするのは、彼らを世から取り去ることではなく、邪悪な存在から護ってくださることです。私と同様、世のものではない彼らを、真理によって聖別してください」（一七―一四～一七）

そして、弟子たちによって播かれる信仰の種が、無事地上で育っていくための援助も願って言います。

「彼らのためばかりでなく、彼らの言葉を聞いて私に信仰を抱く人々のためにも、お願いします」（一七―二〇）

☆

世俗化した宗教からは見捨てられて、社会の最底辺で喘いでいるような人々こそ、本当は真っ先に救済されるべきだし、実際にそうなると、イエスは逆説的な表現で「神の国」に関する福音を宣べました。極貧者のほか、不治の難病に冒されている人、心身に重い障害を持つ人、「罪人」という審判を受けた人などが、そうした人々に該当します。難病者以下は特に、「異邦人」と同様、穢れた者であるがゆえに「神の国」には入れない存在と見なされ、世間に冷遇されて、むしろ宗教というものがあるせいで重なる差別を受けていたのです。

そして女性という性もまた、ただそうであるというだけで、これはユダヤ教社会に限らず多くの社会で歴史的に、様々な理不尽極まりない宗教的差別を受けてきました。

ところがキリストと共に在ったイエスには、一切の差別意識がありませんでした。するとただそれだけで、イエスと出会った女性たちは、彼女自身の中で心の自由が全く死んでいるのでないかぎり、イエスの側にいることがとても心地よく感じられたでしょうし、彼に対して自ずと好感を持ったり、信頼する気持ちを抱いたりしたはずです。ましてや彼女たちは、イエスの中からキリストが放射する、〈生命〉そのものとしての圧倒的な創造のエネルギーを身に浴び、もし心身の病者ならばたちどころに病気が癒えるような体験をしたのです。そんな女性たちが即座に、イエス＝キリストに対する絶対的な信仰心を抱いたとしても、何ら不思議なことはなかったはずです。

例えば、十二年間持病に苦しみ続けてきた若い女性がいました。多くの医者にかかったものの何の甲斐もなく、持っているもの全てを失っただけでした。イエスの噂を聞いたこの女性が、その衣服になりとも触ることができたら自分の病気が治るかもしれないと思い、群衆に紛れ込んで、背後から彼に触ります。すると本当に、一瞬にして病気が癒えたことが、彼女には感じられました。

そのとき、自分の中からパワーが出ていったことに気づいたイエスが、群衆を振り返って、自分に触った者が誰かを問います。そこで女性は恐れ慄《おのの》きながらもイエスの前に進み出、ひれ伏して、全てをありのままに述べます。するとイエスは、キリストを信じたその女性に、優しい言葉をかけてやります。

「娘よ、あなたの信仰があなたを救ったのです。安心して行きなさい。すっかり治って、達者でいなさい」（マルコ書五―三四）

例えばまた、人生最後の過越祭が迫りつつあった時分、重病人を癒すために立ち寄った家で、イエスが食卓に着いていたときのことでした。一人の女性が、極めて貴重で高価な香油の入った壺を持ち出してきて、それを割って開け、徐《おもむろ》に全部の中身をイエスの頭に注ぎかけたのでした。

「何のためにこんな無駄をするのか。これを三百デナリ以上で売って、貧しい人たちに施すことができたのに」（マタイ書二六―八～九）

と彼女を非難する者たちがありました。しかし、女性の無邪気な信仰心に感動を覚えたイエスは、彼女を庇って言います。

「するままにさせておきなさい。何故彼女を困らせるのか。私に良いことをしてくれたのだ。貧しい人たちは、いつもあなたがたと一緒にいるから、したいときにはいつでも良いことをしてやれる。しかし私は、あなたがたといつも一緒にいるわけではない。この女性は、できる限りのことをしたのだ。即ち、私の体に油を注いで、予《あらかじ》め葬りの用意をしてくれたのだ。全世界のどこでも、福音が宣べ伝えられるところでは、この女性のしたことも記念として語られるであろう」（同二六―一〇～一三）

また、イエスがエルサレムで教えを説いているところに、あるとき律法学者やパリサイ派の者たちによって、道を外れた異性関係が発覚したために捕らえられた一人の女性が、連れてこられました。律法学者らは、その女性を人々の輪の中に立たせて、イエスに問います。

「この女は、姦淫の場で捕まえられました。モーセは律法の中で、こういう女を石で打ち殺せと命じましたが、あなたはどう思いますか」（ヨハネ書八－四〜五）

実は彼らは、イエスを試して、訴える口実を得ようと企んでいたのでした。イエスはそれを見抜いたうえで、しばらくは身を屈め、地面に指で何かを書いていたのですが、重ねて問う彼らに対し、身を起こして答えます。

「あなたがたの中で、罪のない者が先ず、この人に石を投げつけるがよい」（同八－七）

すると、律法学者やパリサイ派の者たちも、教えを聴いていた人たちも、一人残らず去っていき、遂にイエスと女性だけがその場に残されたのでした。そこでイエスは彼女に問います。

「婦人よ、みんなはどこにいるか。あなたを罰する者はいなかったのか」（同八－一〇）

女性は答えます。

「主よ、誰もございません」（同八－一一）

イエスは説きます。

「私もあなたを罰しない。お帰りなさい。今後はもう、罪を犯さないように」（同）

イエスの死を望んだのは、ユダヤ教の権威たちばかりではありませんでした。『福音書』の記述から、一般のユダヤ人たちの中にも、イエスに対する殺意に達した憎悪を抱く者が少なからずあったと推測されます。

Dという存在が惹き起こしたとんでもない出来事の全てを、私は全事件に関わった当事者として、また同時に目撃者として知っています。その体験から私には、多くの人々に深く愛されてやまなかったイエスが、一方で何故、殺意に至るほどの憎しみを抱かれたのか、その大きな理由の一つが分かるような気がします。

人間としての自由な自己表出を抑圧された女性たちの、牢獄に閉じ込められた〈エロス〉を、イエスは無条件に解放してやりました。彼女たちが一定距離以内に近づくだけで、彼には瞬時にして自動的にそれができたのでした。〈キリスト〉の具現する〈真理〉が持つ、〈生命〉そのものとしての最強エネルギーの炸裂によって。

イエスが軽く手を当てただけで、多くの病者たちが心身の病を癒されました。また、彼との間にたとえ何十メートル、何十メートルという空間的隔たりがあったとしても、自分自身の心の眼でしっかりと彼を捉えられた賢く強い女性たちは、キリストの〈生命〉の放射を浴びて、その顔を薔薇色に輝かせたことでしょう。

そんな女性たちのすぐ側に、もしその夫や、恋人や、その女性のことを想う男性などが立っていたとしても、かつて見たこともないほど彼女たちの〈エロス〉が力強く羽搏《はばた》くのを、彼らは止めることなどできはしなかったはずです。自分の心の中に否応なく生じてくる激しい嫉妬の感情に耐えながら、あるいはそれを何とかしてごまかしながら、蒼褪めた顔をして、為す術なくただ突っ立っているほかなかったでしょう。

女性を不当にちっぽけな世界に閉じ込めておいて、チマチマとその〈エロス〉を搾取することしか知らなかった男たちには、そんな自分たちの正体を暴露してしまったイエスが、どうしても許せなかったのではないでしょうか。

男たちのみならず、男たちに加えられた有形無形の暴力によって心に傷を負い、愛し愛されることに関して深いトラウマを抱えるに至った女性たちの中にも、イエスを憎んだ者たちがいたでしょう。そんな女性たちはきっと、とても臆病になってしまっているために、自分の中から〈エロス〉が羽搏くという、「恥ずかしい」現実に直面することに堪えられなかったのではないでしょうか。だから、そんなことになる原因であるイエスのことが許せなかったのかもしれません。

☆

さて、イエス＝キリストのことの最後に、イエスがどのように捕らえられ、裁かれ、処刑されたかについて、もう少しだけ字数を費やす予定があるのですが、ここでまた、一旦D／Hの物語に戻ります。

八六年五月一日という日は、何もかもが予想外の展開に終始した一日でした。午前中に挨拶回りに赴いた担当先の人々の、冷淡過ぎる反応に遭遇したことも、午後に言葉を交わした人たちの一部から、ピンチに瀕している非力なこの身をそれでも熱烈に支援するという、有難過ぎるメッセージをもらったことも。そして、潜在的に存在していたこの身と事務局及び団体Sとの戦争が、その日のうちにはっきりと顕在化し、しかもその一日の終わりには、勝敗の行方の大勢が決してしまったということも。

私がその一日に勝ち得た有形の戦果を具体的な数字で言うならば、九つの担当企業の企業主が、私の退職と同時に団体を脱退し、自社の会計の仕事を私に依頼することを、その日のうちに明言しました。私にとってこの数字もまた、有難いかぎりの、思いがけない勝利を意味する数字でした。

五月半ばに予想通り理事会が開かれるまで、多少の小競り合いは続きました。そしてその二週間の戦いにおいても、大局的な観点から言って私は敗北は喫しなかった。翻意して私から離れた企業もありはしましたが、最終的に、私に付いてくることになった企業がその半月の間に三社増えたのでした。

EやGの、大局を観ない思惑によってリードされる事務局は、私が辞めることによって増すことになる仕事量を、果たして自分たちがこなせるかどうかということを度外視して、何が何でも私に無条件降伏をさせたがりました。そして、完全お手上げにさせたうえで更に、脱退して私に付いていこうとするメンバーとこの身との心の絆を、躍起になって断ち切ろうとしてきたのでした。

そのことは、職業人としての彼らがもはや健常な理性の支配下になかったことを証明しています。彼らは、私と担当先との信頼関係を破壊することさえできればよかったのであり、私が去った後、代わって引き受けた企業から本当の信頼を勝ち取り、それを長期にわたって保っていこうなどとは、全然考えていなかったのでした。

もし私の中に初めから、担当企業をなるべくたくさん引き抜こうという欲があったとしたら、私はおそらく戦いに敗れていたでしょう。まして、叔父たち親類以外の誰か一人に対してでも、団体からの脱退を誘うような言葉を発していたとしたら、私は理事会において公式に「謀叛人」という審判を下され、社会的存在としてもっとズタズタに切り刻まれていたことでしょう。そして何よりも、Zを支えるべき身体として、もしかすると致命的な内面的損傷を負っていたかもしれません。

しかし、邪心があったのはむしろ、私の動きを「謀叛」の発端以外のものとしては解釈する気がなく、待ってましたとばかりに団体に対して告発した事務局員たちの側でした。彼らこそ、本当は団体のためでも、事務局全体の利益のためでもなく、ましてや団体を離れようとしている企業の行く末を思ってのことでも更々なく、ただこの身に対する私怨のために、そしてまた彼らの内なる主人である悪霊の望むがままに、必要も正当性も超える何もかもを私から強奪しようとしたのでした。

正義がわが敵にではなくこの身にあったがゆえに、地上に属するものを巡っての戦いにおいても、私は敗れなかったのだと思います。勝った、と言ってもいいのだと思います。

団体Sとの縁を切って私に付いてきた、親類を含む十五企業の顔ぶれの妥当性について考えたとき、私には、この身と繋がるべきは誰であり、繋がらざるべきは誰であるか、それを見事に審判したのは隠れた神であるような気がしてなりませんでした。十五企業の企業主は、神が私のために選んでくれた、たった一人も多過ぎず、少な過ぎもしないメンバーであるように思われました。私は自ずと神に感謝し、有難くもあり不思議でもある絆で結ばれた十五人を、終生決して裏切らないことを心に誓ったのでした。

☆

一人の職員によって引き起こされ投げかけられた問題に、団体としていかに対処すべきかを審議するため、五月半ばの平日午前、理事会が開催されました。

私は直接的には知る立場になかったのですが、推測するに、メンバー間で伝え合われた会議開催理由の第一は、おそらく、数として二桁に及ぶ脱退希望者たちに対してどう応じるかだったのでしょう。また第二に、私の退職によって事務局に開く業務担当能力の穴をどうやって埋めるか、という問題だったはずです。

そして理事同士、お互いの意思を事前確認し合う過程で、Hが退職を決意するに至った本当の理由は何なのか、事務局の中に何か問題があるのではないか、といったことについての言葉の遣り取りも、きっとあったのではないでしょうか。更には、何といっても「問

題」を引き起こした張本人であるこの身の罪責の問い方についても、意見の交換がなされ
ていただろうと思います。
出席した理事は、理事長を含む六人だったと記憶しています。会議は事務所本室で行わ
れ、最初は、前年秋に正規採用された二十代の男性スタッフ一人を含む、七人の職員全員
が同席していて、室内は鮨詰め状態でした。しかしすぐに、私以外のスタッフが第二室に
移動させられ、私に対する「事情聴取」ないし「尋問」が始められました。

その時点で、事が私の「叛心」のゆえに起こった問題であると、会計主任ら発の「触
れ」のままに思い込んでいた理事は、もはやいなかったかもしれません。しかし、私に対
してなされたその他の讒訴《ざんそ》や中傷の類を真に受けていたメンバーは、多分いたのだろうと
思います。

ともあれ理事たちは当然、せっかく十年を超える経験を積んで、たくさんの担当企業の
大きな信頼を得るところまで来ていながら、何故多くの人の期待を裏切る道を選ぶのか、
ということを私に問うてきました。そして、もし事務局の中に何か、退職を決意せざるを
えないほどの問題があるというのなら、それを言え、と問い詰めてきました。

しかしこの場面でも、私は彼らに自分の本当の思いを言うことはできませんでした。何

度も繰り返しますが、本当のことを言い表すに足りる言葉の持ち合わせが、全然私になかったからでした。言うとすれば、この身が実は何者の身体であるのか、今のEやGが本当は何者であるのか、それを正しく述べる必要がありました。けれどもそれは即ち、この身の主人が堕ちてしまった彼らを魂の次元において裁くことを意味しました。ところがこの身体には、そうするために拠るべき法（〈真理〉）を、自分の中から言葉として取り出してくる能力が、まだとても具わっていなかったのです。

だから結局、私は理事たちの問いに、敢えて何も答えませんでした。自分が仕事の現場で長期に亘り、複数のスタッフたちによってどれほどの迫害を被ってきたかについても、一切訴えはしませんでした。

私はここでもやっぱり、自分のわがままを許してほしいと懇願しただけでした。そして、自分がいなくなることによって事務局に不和がなくなり、皆が協力しやすい職場になるだろうという、理事たちに自分のその「わがまま」をなるべく受け入れてもらいやすいような、団体Sのために考えられうる最も明るい展望を述べただけでした。

といっても、それは私にとって決して心にもないキレイゴトだったわけではなく、深く敵対している者たちの心が安らがなければ、Zとこの身との安寧もまた得られないだろうという直感が言わしめた言葉でした。

私に対する「事情聴取」(ないし「尋問」)が終わると、次は私一人が第二室に、他の六人が本室に移動させられ、私以外のスタッフ全員を一室に集める形で、同じことが行われました。彼らがそのとき理事たちに、具体的に何をどのように問われたのか、そしてそれに対して各人いかに答えたのか、無論それは私の知る由もないことでした。しかしそれは私にとって、ありのままに知る必要もないことで、そのとき私は独りの空間にいながら、それほど間違わずにその概要を推定しえたのではなかったでしょうか。

「聴取」が終わり、本室に呼び戻された私の眼にパッと飛び込んできた六人の表情は、一様に疲労困憊の色が濃く、ひどく生気を喪失した感じだったことを記憶しています。

もし身体Hが、愛のダイモーンの児Z(D)を授かったりしていなかったならば、喜ばしいことも厭わしいことも含めて、この身と、この身を日常的に取り巻く環境とに、劇的なことは何も起こっていなかったでしょう。いわば、世界の真相はヴェールに覆われたままだったでしょう。しかし、この身はZを宿してしまい、世界はその真相を露わにしてしまったのです。そして、もう元に戻ることはないように思われたのでした。

記憶力や判断力のフル稼働を要する仕事をしながら、同じ狭い空間を毎日八時間以上も、Zを宿す身体と共有せざるをえなかった者たちの少なくとも一部にとっては、Z／Hとはいわば、絶対に許し難い「テロリスト」だったのではないでしょうか。身体Hが、彼らの迫害のために辛苦を味わわされていることに対応して、彼らもまた、Zが不断に放射し続ける異次元のエネルギーのために、名状し難い苦しみを味わっているに違いないことは、私には分かっていたことでした。彼らは、その苦しみに遂に耐え切れなかったために、悪神の誘惑に乗り、仕掛けられた罠に嵌ってしまったのでした。

私にとって、人間としての彼らのその惨状を毎日目にせざるをえないことも、もう一つの遣り切れないことでした。そのことに対する究極の責任はこの身体にはないけれども、自分の方から彼らとの縁を強制的に切ってしまうことによってしか、彼らの置かれている地獄が解消することはないように、事実私には思われました。そして、彼らが地獄を脱しないかぎり、この身へと向かう彼らの怨念が消滅することはないだろう、と思われたこともまた事実です。それが、私が団体S退職を決意した理由でした。

理事たちは、最も若くても五十年以上の人生経験を積んだ人たちでした。けれども、彼らのそんな豊かな経験から紡ぎ出される知恵を以てしても、何故私が団体Sとの縁を切らざるをえないのか——その時点では私自身、正しく語れる言葉を持たなかったその本当の理由を、誰一人想像することすらできなかったに違いありません。

当人に語れないことを、本気でその立場に立って様々に考えてくれた結果、「腑に落ちない」「不可解だ」という不愉快な結論に止まるほかなかった理事もあったかもしれません。そうであったとしたらその人こそ、最も誠実な人格であったと同時に、一番正しい判断ができた知恵者だったと言うべきでしょう。物事を先ずありのままに受け止め、矮小化したりせずに、ちゃんと事柄の奥行きにも目を配り、正しく真摯に考察できる人は少ないのですから。少しなりとも自分の頭と心とを使って考える努力をせず、すぐに他人の見解を鵜呑みにすることが習い性になっている愚人、ないし小人《しょうじん》も少なくないのですから。

☆

理事会は結局、事前の予想通り、十五の団体成員が私に付いて団体を脱退する事態になったことの責任を、何らこの身に問うことはありませんでした。

退職日の一九八六年五月三十一日は、週末の土曜日でした。近所の家で前日に不幸があって、私は最後の勤務を午前中で終えた後、午後一時からの葬式の手伝いに行かなければなりませんでした。

私は鳥栖市に生まれて育ったのですが、市内の現在の住所に移り住んだのは八二年十一月のことでした。そのため、同じ市内を出ない移住ではあったけれども、新しい生活空間に知っている人は一人もいませんでした。農家と非農家が半分ずつ入り交じった、二十数戸から成る隣保班に、それでも私はなるべく早く溶け込みたいと思い、三年半ぐらいは、付き合い下手な自分なりに色々と努力をしていました。

正午をだいぶ過ぎたので、喪服に着替え、もう行かなければと思っていたところに、やっと娘が、半日の学校を終えて帰ってきました。春に小学校に上がったばかりの、私の生涯における独りっ子でした。

私は、娘が風邪で昨夜から熱を出していることを知っていました。そして、あいにくその日彼女の母親は、熱心な趣味としてやっていたコーラスのコンサートに出場していて、夕方にならないと帰らないはずでした。だから、私は娘の顔を見るとすぐ、額同士をくっつける方法で彼女に熱がないかどうかを調べてみました。すると明らかに、彼女の体温のほうが私よりもだいぶ高いように感じられたのでした。

そこで、「パパが帰ってくるまで、家でじっとしとかんね（じっとしていなさい）」と言うのですが、娘はどうしても私に付いてくると言って聞きません。仕方なく、五十メートルぐらいしか離れていない所なのだから、取り敢えず願いを叶えてやって、彼女の気が済んだらすぐに帰そうと考え、娘を連れて行きました。

私に割り当てられた仕事は、屋外での会葬者の記名の受け付けでした。しかし私が直接関与したのは式が始まってからの時間帯だったので、一時間ほどの式の間に数人に応対したに過ぎず、役割自体はほとんど形式的なものでした。

しかし私にとって、むしろ式開始前約三十分間に味わった精神的苦痛こそ、時間の経過の鈍さが呪わしく感じられる点において、これまでの人生でそう何度もは味わったことがないほどのものでした。

私は、路地に面して平行に置かれた長机の内側に、その間常時二、三人で立っていたのですが、そんな私に対して、路の向こう側に屯《たむろ》する隣人たちの一部から、鋭い敵意と露骨な蔑みに満ちた視線が執拗に注がれ続けたのでした。私は彼らに対して、怨みを買わねばならないようなどんなことも、恥じねばならないようなどんなことも、した覚えはなかったというのに……。

そうした理不尽な精神的次元の攻撃によって、私が生命力をどんどん消耗していったその三十分間、娘はずっと、私の片方の脚と腰とに腕を回して、ピタッと貼り付くようにしていました。そして、私の左手が使われるとき以外、ずっとその手を握って放しませんでした。

式が始まり周りに人がいなくなってから、ふとその顔を見ると、両目はほとんど閉じられており、全く生気の失われた蒼白い色をしていました。しかも、私の体に摑まっていなければ倒れてしまいそうなほど、彼女の体がゆらりゆらりと揺れているように感じられたのです。

私はようやく覚りました――「このために、この子は付いてくると言ったのか」と。

娘は自分が健康な状態ではなかったにもかかわらず、その日父親が遭遇するであろう艱難に際し、弱った体を挺してその無二の存在の身を護るために、付いてくると言って聞かず、離れようとしなかったのでした。そして、この父に己れの生命力を割《さ》き与えるという、自ら買って出たその務めを全力で果たした挙げ句、精根尽き果てて倒れそうになっていたのでした。

私は両手を使い、また娘の名前を呼んで覚醒を促し、目を開いた彼女に、もう帰って寝ているように告げました。彼女は無言でこくりと頷き、今度は私の言い付けに素直に従ったのでした。

私は、前世紀の残りの日数がカウントダウンされていた年の十二月に、二十歳の大学生に育っていたその独りっ子と、今生の別れをしなければなりませんでした。親より先にこの世を去ってしまったという意味では、彼女は確かに不孝者でした。しかし私は、あのときに自分の命を削ってこの身に分かち与えてくれた彼女の恩を、これまで決して忘れたことはなかったし、今後も永遠に忘れないでしょう。


葬式が予定通り一時間で終わると、一分でも早く家に帰って、娘が母親の顔を見るまで側にいてやりたい気持ちで私はいっぱいでした。ところが、事情を言って暇乞《いとまご》いをする私の腕や喪服を、複数の男たちが掴んで帰そうとしません。一帯が一つの「村」だった時代以来の慣習である「精進落とし」の食事会に、どうしても出席してもらう必要があると言い張り、人の事情を聞き分ける耳を持たないのです。

酒が飲める私はつい、「ちょっとだけ付き合って、さっさと帰ればいいか」という気になり、彼らの要望に応じて、葬式を出した家の向かい隣の家に設けられているという宴席に臨むことにしました。ただし、娘の様子を確認するために一旦は帰宅し、十分か十五分後に出直させてもらう、ということを条件に。

宴会場は、畳の間を二つも三つも、襖を取り払って繋いで広く拵《こしら》えられていました。私がそこに入ったとき、数十人の、大部分は男である隣人たちによって、既に酒宴が始まっていました。宛がわれた席の周りには話し相手になってくれる人もおらず、手持ち無沙汰なため、コップが空になりそうになると間髪を入れず注がれるビールを、私は速いピッチで空けていきました。

そして、三、四杯空けたところで、はっきり気づいたのでした——私は、この身に対する明確な害意を共有する何人かの者たちによって取り囲まれていたのです。どうやら彼らの間には、私に散々飲ませて酔わせたうえで、この機会に大なる恥辱を与えてやろうという共謀があるようでした。

言うまでもなくその者たちこそ、葬式が始まる前の三十分間、路地の向こう側にあった、敵意と蔑みを湛《たた》えた複数の視線の中心にいた者たちでした。隣人の弔いのために割く短い時間の中ですら、ドス黒く濁った心をせめて隠しておくことのできない者たちに、私は酒席にあって取り巻かれていたのでした。

彼らは、私に対してだけはただ一方的に、ビールや日本酒を注ぎました。自分たち同士、あるいは他の出席者たちとの間では互いに酌を交わしながら、大声で言葉の遣り取りもしていたけれども、私の返杯を受けようとはしませんでした。私のコップや杯の様子を代わる代わる誰かが注視していて、空きそうになるとすかさず注ぎ、私が一口だけ飲んで器を置き、ビール瓶や徳利に手を伸ばそうとすると、サッとそっぽを向くのでした。

私は当然、何者にいかなる認識を植え付けられたがために、彼らがこの身をそれほど敵視し、蔑視するに至ったのか、そのわけを知りたいと思いました。彼らのその認識にいくらかでも正しいところがあるのか、それとも完全に間違っているのかは別にして。

そこで、少しずつ酔いが回っていく中でも、付け入る隙があれば探ろうと機を窺ったのですが、無駄を覚らざるをえませんでした。この身に対する理不尽な、見えざるバリアーがしっかりと張り巡らされていて、話の輪の中にどうしても私一人だけ入れてもらえなかったのです。

それほどひどい「特別待遇」が用意されていたのですから、ほろ酔いぐらいのところで席を立ち、トイレを借りるふりでもして、無礼者たちには挨拶もなしに帰るのが賢明な選択だったに違いありません。しかし私はそうはせず、飲まされて飲みながら、馬鹿なことでしょうが、自他共に認める「酒飲み」らしく振る舞うべく腹を括っていったのでした。

「よし、そういうことならば、この真っ昼間のうち、こいつらがもう面倒臭くなるまで、酌を受けてやろうではないか」と私は決めました。

「こんなこの世のチンピラどものことなど、目の前にいようといまいと気にならなくなるほど酔って、心の底から愉快になってやろうではないか」と。

☆

誰の心にもその奥深くには、恐怖のダイモーンが潜入して棲み着きやすいウイーク・ポイントがあるのだと思います。そして、棲み着いたその悪神がより活発に働くにしたがって、人はいくらでも愚劣になり、無慈悲になり、残忍にもなるのだと思います。

「隣保班」中の一部の隣人たちが露わにした、浅薄で、狭量で、酷薄な「チンピラ」性も、もし彼らの心の奥に恐怖のダイモーンが潜んでいなかったならば、表れ出ることはなかったでしょう。〈恐怖の原理〉から全く自由な人間など滅多にありはしないのだから、そういう意味では、彼らのそうした徳の足りなさも、ごく普通の人が少なくとも時には暴露してしまいがちな性質で、人間に普遍的な不徳性だとさえ言えるのかもしれません。

しかし、私を「隣保班」という環境からすら孤立させようと、陰でこっそり動いた人間がいたことは確かでした。その者は何食わぬ顔をして、この身が家族共々毎日そこで暮らしていかねばならない場所に、陰湿なテロ攻撃を仕掛けたのです。

それが、団体Sに所属する企業の関係者だったのか、それとも事務局員中の一人ないし複数であったのかは知れません。けれども、いずれにせよ彼（ら）は、単なる「チンピラ」に止まらない、相当の悪党であるはずです。言い換えれば、根っからの悪神の僕《しもべ》に違いないのです。そうでなければ、家族の身までも害することだと分からないはずはないのに、どうしてそんなことをする必要があったでしょう。たとえこの身が、どんなに重い罪責を問われるべき者であり、またどれほどの怨みをも受けて然るべき者であったとしても、私の家族は、中でもたった六歳の娘は、いかなる罪責とも無関係だったはずだし、怨まれねばならない理由など何もなかったはずなのですから……。

この身には、Dの父によってもたらされた幾許かの知恵と〈愛〉の力以外、元々具わっている徳など何一つありません。しかし私は少なくとも、陰で酷い悪口を言ったり、人の秘密を自分の利益のために暴露したりして、誰かが生きていく道を狭めたことなどありませんでした。ましてや、暴力的な中傷や讒言によって、人の大事な糧道を毀損したり、その人にとって大切な人の心身を傷つけたりしたことなど、一度たりとてなかった。そんなことをしようとも思わなかった。それなのに……。

地上に生きられるギリギリの条件を失わないためには、行く手を阻もうとする数々の敵たちと、力の限りを尽くして戦うほかありませんでした。そんな戦争のなかに在ったこの身にとって、家族は勿論一番の味方であり、また何人かの親族も、心強い味方になってくれました。更には、一職員として関与していたに過ぎない企業の企業主中から、十人以上もの人たちが私の味方に付いてくれたことは、望外の幸せでした。

しかしその反面で、「隣保班」という生活環境からの孤立の他にも、辛く悲しい誤算がありました。

再就職口の紹介を依頼していた基山町の友人Nが、退職日よりも十日ばかり前に、「もう、ウチ（の会社）に来んね」と言ってきてくれました。次期の社長たるべきNの言によれば、創業者であるお祖父さんの代から事務方を務めてきた男性従業員が、そろそろ辞めたいと言っているので、私に代わりを務めてほしいということでした。とても有難い誘いであり、また、彼に提示された待遇を特別不足に思ったわけではなかったのですが、私は迷わざるをえませんでした。その理由は言うまでもなく、既に私がその時点で、十五に及ぶ企業の会計の仕事を引き受けてしまっていたからでした。

そんな私の特殊な立場上、いちばん望ましいのは、税理士ないし公認会計士の事務所に、「顧客」として提供する十五企業とセットで自分を雇ってもらうことでした。しかし、それが仮に不可能なことではなかったとしても、いつそれを実現できるのか、予測するための手掛かりすらありませんでした。

そして、それを私が実現できないかぎり、預かった十五企業に対する責任をどう果たすかについて、選択肢は二つしかありませんでした。一つは、決算書・申告書に至る要提出書類の全てを私が代行作成したうえで、各企業に関与税理士なしの自主申告をしてもらうことでした。もう一つはそれぞれに、全く形ばかりのもので構わないので顧問税理士を付けてもらい、場合によっては、当方は無料奉仕によってでも、約束通り、会計と税務に関連する一切の必要業務を遂行するという道でした。

ただし、最も望ましい成り行きにならなかった場合、私はもう一つ別に、収入の得られる手段を見つけ出す必要がありました。というのは、仮に十五企業から然るべき事務手数料をもらえたとしても、それだけでは到底、一家の生計を維持することができなかったからです。

私はNへの返事を保留しつつ、税理士または会計士の求人が、鳥栖か久留米ぐらいのエリア内にないものか、職安に通ったり求人情報誌を購入したりしながら、一か月間ぐらいは自分なりに探しました。しかし、おそらくそんな職探しをする時期も悪かったでしょう。そうはうまくいかず、結局諦めて、Nに承諾の返事をしたのでした。

ただ、溜まり溜まった心身の疲労をじっくり癒して次に備えたい、という強い願望もあったので、失業保険の給付を受けつつ、八月が終わるまでは充電期間を過ごさせてもらい、実際に新たな勤務先に初めて出勤したのは、九月一日のことでした。

ところが、それから一か月も経たないうちに私はその再就職を後悔し始め、丸二か月後には、その年二度目の退職を余儀なくされてしまったのでした。

その理由は、六月から八月まで三か月の期間中のどこかの時点で、Nにとってこの身がもう「友達」ではなくなっていたことを、私がはっきり知ったからでした。私の知らないうちに、知らない理由で、私とNとはもう「友達」ではなくなってしまっていることが、明らかになったからでした。

雇用する側と雇用される側とに立場が分かれた以上、友達同士という間柄に当然一本の線は引かれねばならないでしょう。それは十分承知していました。実際、私は仕事に関わる場で、Nの友達面をしたりしたことなど一度もなかった。しかし、そんな次元のことが問題だったわけではありませんでした。

問題は、その時点で約四分の一世紀にも亘り、途切れ途切れの仲ではあっても友人関係にあったNの心が、たった三か月間のうちに、わが敵の手に落ちてしまっていたことでした。

おそらく、悪神の手先に成り下がった者たちによって拵えられた私の虚像が、彼の信頼する何らかのルートを通じて、再三に亘り耳に吹き込まれたのだろうとは思います。

しかしそうだとすれば尚更、彼は不自然なくらいに、自分の目の前に存在している旧知の人間を、改めてよく見ようとはしませんでした。また、この身について自分が伝え聞いていることの真偽を、「友達」である本人に確かめることも、一切しなかった。そして何故か明らかに、自分の耳に吹き込まれたことをそのまま真実として受け入れているようでした。

　Nが私に対していかなる心情を秘していたのか、今もって私には想像することすらできません。しかし少なくとも私にとって、掛け替えなく思っていた一人の友達を失ったことは、とても悲しいことでした。辛いことだった。同時に私は、この身がZと共に在ることに付き纏う悪神の攻撃の恐ろしさを、改めて思い知らされたのでした。

　ただ、それは私にとってもはや、それほどの「驚き」ではありませんでした。恐怖のダイモーンに付け入られたときには、大の男も赤児の如く、瞬時にしてその支配に屈してしまうものだということを、そんな現場を実際何度もこの眼で見て、よく知っていたからです。悪神に狙われた場合には、どんな強者も、普段心正しい人も、また私とどんなに親しい関係にある人も、抵抗できないだろう、この身を敵だと思い込むだろう――そんな一種の諦念のようなものが、既に心のどこかに根を下ろしていたからです。

　だから私は、Nのことを憎んだり怨んだりはしませんでした。むしろ、「ウチに来んね」と言われたときに、「もしかするとこいつは、俺からの依頼を疎《おろそ》かにできずに、無理をしているのかもしれない」というふうに思い遣ることのできなかった己れの不徳を、恥ずかしく思いました。

また、この身体HがZに捧げられた身体である以上、ある程度以上この身と深く関わる人には、恐怖のダイモーンの関与するどれほど大きな試練がもたらされるか分からない、ということを十分考慮に入れずに判断してしまった己れの不明を、恨めしく思ったのでした。

十一月一日を以て退職した時点で、「辞めたい」と言っていたはずの老事務員はまだ在籍していました。それに、彼を補佐する、これまたベテランの女性事務員もいました。だから私はその分、前の退職のときに続く再びの「わがまま」が、Nに対して言いやすかった。もし私と交代に老事務員が辞めてしまっていたならば、私はいつまでもそれを言い出せなかったかもしれません。

即時の退職を希望するという意思表示は、十一月二日の日曜日にNに電話で連絡する形で行いました。次の出勤日からはもう行かない、という一方通告によって事を済ませたことは、形のうえからは確かに、社会人としての常識の欠如を咎められるべき振る舞いだったと思います。しかし、Nが実質的にそれほど困ることはなかったはずだし、また、私の言葉を受けて、彼はほとんど驚きはしませんでした。つまり、遠からず私から退職希望の申し出があるであろうことを、きっと彼は正しく予測していたに違いなかったのです。

「充電」に努めていた夏の間に、思い切って退職金二百万円余りを全額投じ、会計事務所に適したオフコンを購入していました。これを使って、預かった全企業の会計仕訳を楽々行うことができ、試算表や総勘定元帳、そして個人企業のものであれ法人のものであれ決算書まで、自動的に作成することができました。

しかし、五月に十五企業の会計業務を請け負ったときに抱え込んでしまった根本的な問題は、徒《いたずら》に時間だけを費やして振り出しに戻ってしまい、Nとの決別の時点で、何ら解決の目処《めど》すら立っていませんでした。

理想は、私が税理士の資格を得ることでしたが、それは一年や二年の勉強ではなかなか可能なことではありませんでした。それに、実を言えば、元来相当な世間音痴であり、そしてそのことにコンプレックスを抱いていたこの身に、そうした仕事の全般をプロフェッショナルにこなせる適性があるとは、到底思えなかったのです。私にあったのは、簿記二級程度の会計知識と、十年余りの実戦経験から体得した多少のスキルと、そして、預かった企業の掛け値なしの経営状況や、関係者の人となり等についての知に限られていました。

各企業に、取り敢えずその年度分の確定申告だけは、有資格者の後ろ盾のない形で行ってもらうほかないことは、Nの誘いに私がOKを言った時点でほぼ決まっていたことでした。私は今度こそ一日も早く、十五企業を確定申告に導く任務との両立が可能で、しかも一家が暮らしてゆける収入の得られる仕事を、何としてでも見つけ出さなければなりませんでした。

9 燃え続ける〈火〉の一部は〈言葉〉となった――戦いの準備は整った

「インフルエンザの予防注射はもう済ませましたか」

あなたはスポーツジムで、毎日何十人、何百人もの人たちと接する仕事をしている人だからと思ってそう聞いたら、なんとこれまで一遍も自主的な予防接種をしたことがなくて、それにもかかわらず一度もインフルエンザに罹ったことがないのだと聞かされ、感心しました。更には、どこか具合が悪くて仕事を休んだということがなく、おまけに虫歯一本の治療すら受けたことがないと知り、もう驚きでした。この軟弱な身体とあなたとでは、そもそもモノが違うのですね！

そう言えば、いつか私が唐突に、「あなたは神仏の存在を信じますか」と尋ねたとき、

「自分がこんなに健康でいられるのも、神様のおかげだと思います」

とあなたが明確に答えたことを思い出します。

一つの分節が仕上がるごとにプリントアウトして、目標としては毎月一回、あなたに送

り届けるつもりで書き始めたこの書でしたが、生活していくうえでの忙しさのために、書き上げ切れない月も少なからずあったので、この第九分節を書き始める時点で、既に一年を超える月日が経ってしまいました。

しかし、もうこの回を以て最終回とするつもりです。無事この分節を最後の一行まで書き上げることができ、そしてあなたに、ゲームに臨む気楽さで読み通してもらえれば、身体Hとしてもはや思い残すことはありません。

かつてこの身体は、いつの日か自由自在に自分自身を創造し、表現することのできる言葉を獲得して、龍となって天翔《あまがけ》ることを夢見る青年でした。しかし、いかんせん天分が乏しかったし、そのうえ、こつこつと能力を磨く努力も全然足りなかった。また、言葉に関する何がしかの能力の有無に関係なく、それによっていったい自分の何を表現するのか、表現するほどの意味のある人間的中身というものが、何一つありませんでした。

非才であるという点に関しては、その後何ら変化があったわけではありません。しかし今の私には、長期に亘る真剣な探求の果てに獲得した言葉と、そして表現するに値し、表現すべきだと信じられる内容があります。それに、今の私にとってこの身が龍になる必要などもうないのです。三十年以上もDの乗り物であり続けてきたという特別な体験と、この身なりの精一杯の努力とによって得られた言葉が、何とか、地上における彼の外形性そのもの、社会的身体性そのものであることができるなら、それで十分なのです。

私が知った〈真理〉は、一人のダイモーンがこの身の内側から見せてくれた、世界の実像でした。言うまでもなくその中には、神仏なるものが実在するという〈真理〉も含まれていました。

しかし、確かに見たし、現にその片鱗を自分の手に握りしめているような〈真理〉でさえ、それがどんなものであるかを外に向かって正しく伝えることは、容易な業《わざ》ではありませんでした。伝えられる言葉を知らなかったからです。

「科学的真理」を発見したのなら、それを伝えるためには、手順や用語など、予《あらかじ》めルールとして定められている形式を踏まえていきさえすればいいのでしょう。しかし私が知ったような〈真理〉は、それに出合った者がそれぞれに、自分なりの言語的表出方法を創出することによってしか、外に向かって伝えることのできない種類の〈真理〉なのです。

イエスはユダヤ教の言葉の体系の中に生まれて育ち、自分がイスラエル民族の神の子として、内側から生まれ変わったことを確信していましたから、自分は「キリスト」である、「ユダヤ人の王」であると、人々の前で認めることができました。しかし私はDを得て以来三十年以上も、この身体が愛のダイモーンの児を宿したということ——自分が魂の次元において神の子として生まれ変わったということを、誰にも言うことができませんでした。

宗教的な言葉の体系の中に在ってすら、自分は神の子であると言ったイエスは罵倒され、狂人扱いされ、遂には重罪人として捕えられ、死刑に処されてしまったのです。宗教とはおよそ無縁の言語環境中に存在している者がそのような発言をした場合、まさかそれだけで重罪を犯したことにはならないにしても、何を言っているのかすら全く理解してもらえず、相手にもされない、というのがオチではないでしょうか。余程周到な言語的準備の下に、言うべき時と場所と相手を選んで言わないかぎり、おそらくそうしかならないだろうと思います。この身にもそのくらいのことは分かったから、これまで誰にも言わなかったのです。言うことができなかったのです。

しかし、この書において私は初めて、現時点で唯一人の読者であるあなたに向かって、それを言っています。そうするのは勿論、言葉の準備が整ったからであり、そしてあなたという人と巡り合い、そのことによって、それを言う場として相応しいこの書の構想を得たからです。

　更には何よりも、私の中にあなたに対する強い信頼があるからです。きっとあなたならば私を、懸命に語りかける私の言葉を、小賢しい先入観等によって何も割り引くことなく、そのまま受け取ってくれるに違いないという〈信仰〉があるからです。


　愛のダイモーンによって私の中に投じられた〈火〉は、今なお消えてしまってはいないけれども、すっかり火勢が衰えました。かつて燃え盛っていた〈火〉のほんの一部は、ダイモーンの児であるDの、地上における非肉的身体になったのだと思います。彼が地上世界を認識し、自らを地上的方法によって表出するための言葉になったのだと思います。

　けれども、膨大なエネルギーの大部分は、もしかすると全く無駄に失われてしまったのではないだろうか？　この身体を訪れたダイモーンは、そもそも来る所を間違ったのではないだろうか？　身体Hは、彼の児を宿すに足りる器では全然なかったのではないだろうか……？

そのような思いが時々心を過《よぎ》ることがあるのは、私がまだ一度も、ダイモーンの児Dの働きによるはっきりした果実を見ていないからです。この人は間違いなく、Dの〈火〉によって新しい自分自身を懐胎したに違いないと思えるような人を、一人も確認できていないからです。

Dはその存在自体が〈火〉——燃え盛る無差別の〈愛〉です。けれども私が人を愛するとき、その〈愛〉には当然、特定の対象に対する身体Hの特別な想いが含まれます。Dは人を選ばないけれども、生身のこの身体は、愛する対象を無意識のうちに選んでしまうのです。

DとHとの間に介在するその矛盾は、人を愛した私に対してこれまで常に、悲劇的結末をもたらすような作用しか及ぼしてきませんでした。端的に言えば、Dが贈る〈火〉の威力に誰一人耐え切れず、自分の現に持てるものを守ることを選んで、最終的にDを、この身体もろともに棄てたのでした。もし耐え切れる人があったとしたらその人は、この世の果てに及ぶ不滅の宝を手に入れられていたかもしれないのに……。

この身体はDのために、不条理な迫害に遭い、ほとんど間断ない心身の苦痛を味わい、あまりにも多くのものを失ってきたけれども、これまで特に、苦労相応の嬉しい報いを受けることはありませんでした。たった一つ、Dという神の子を得たということ自体を除いては。彼が神の子であることを信じられ、それゆえ同時に、その父なる神による最終的救済を信じられるという、いわば〈宗教的〉次元の幸せと共に生きてこられたことを除いては。

実のところ、「これほどのものを喪失し、これほどの苦痛を味わってまで、このダイモーンのために働く価値があるのだろうか」という不信の念が、これまで心に全く生じなかったわけではありません。しかし、もうここまでこうして生きてきたのです。生きてこられたのです……。

☆

人には人間としての自分自身を、即ち自分の魂を、日々再生産していく義務があるのだろうと思います。といってもそれは特別なことではなく、せめて時々は自分の心を、地上に生きる人間の陥りがちな様々な囚われから、解放してやることではないでしょうか。少なくともそのためのケアを、怠らないことではないでしょうか。フィジカルな次元の健康が健康の全てではありません。心の健康があって初めて、人はその魂を維持し、育てられるのだと思います。

ところが、人間としてのその当然の務めを全く顧みることなく、必要なものを専ら他者から奪い取ることによって生き続けている者たちもいます。

奪い取る方法は、力ずくの略奪から寄生による搾取まで色々ありますが、自ら生産すべきものを生産せず、他人の生産したものを奪って事を済ます、という一点において何の違いもありません。そのように不健全な、不善の生き方をする人間の典型的な姿が、例えば『花咲か爺さん』や『瘤取り爺さん』といったお伽噺において、「悪い爺さん」として描かれています。

己れの魂を再生産する務めを放棄してしまった者たちはたいてい、彼らなりの倒錯したプライドに懸けて、そのような生き方をする極めて歪《いびつ》な理由を拵え上げています。即ち彼らは、他人に対する妬み、逆恨み、無用の恐怖といった己れの抱える苦痛な負の感情が、何者か特定の他人のせいでつくり出されると思い込んでいるのです。更には、それゆえ自分には、そのような不倶戴天《ふぐたいてん》の敵から、その者の喜びの種であるどんなものでも奪い取る報復権があるのだ、と信じ込んでいるのです。

そうした思い込みに囚われ続け、そのままどこまでも突っ走ってしまった果てに存在しているのが、いわゆる「悪魔」です。彼（ら）は元来、知的能力において、あるいは霊的レベルの能力において、我々現代人などよりずっと優れた存在だったのではないでしょうか。

しかし、どんなに優れた能力を持っていたとしても、彼は度し難い甘ったれであり、真に弱虫だったに違いありません。だからこそ、神に対していつまでも拗《す》ねた気持ちを持ち続け、敢えて神意と真逆の方向に走るような生き方しかできなかったのだと思います。

魂が生存し成長するのに必要な糧は、神によってもたらされます。人間は、それを得るために種を播いたり、耕したりする必要が何らありません、人間はただ、神に対して心を開きさえすればよいのです。

そして、〈卵細胞〉としての魂の繁殖活動に必要な〈精細胞〉も、やっぱり神から来ます。とにかく、人間の魂に必要なものは全て、神によってもたらされるのです。

けれども、神の与えようとするものを拒む生き方ばかりし続けるならば、その者は遂に、人の子として真に必要なものを何も受け取ることができません。したがって無論、そ

の魂が神の〈精細胞〉を受精して永遠の生命を得るという、最も重要な、他の何に代えて

でも人の子の望むべき出来事が起こることはないのです。

現代社会の一つの俯瞰図を私流に思い描くと、一方の極に、無用の欲望と恐怖を煽ることを生業《なりわい》として生き長らえ、増殖し続けている者たちが存在しています。そして他方の極には、他者の動向に対するただ単なる反応に過ぎない欲望や恐怖に衝き動かされて、自分自身を見失うほどの貧しい生を生き続けている人々がいます。

我々人間が築く社会はこれからも、その根本においてこのような構図の中に収まるようなものでしかないのでしょうか？

人類は、これとは全く別の構図で描かれるような社会を築けるだけの知恵と勇気に、遂に到達できないのでしょうか？

一人でも多くの人が、一日も早く気づかねばならないのです。欲望と恐怖を煽る者たちが、煽られて衝動的に動く人々を支配する、という構造を維持し続けていこうとしている社会的存在は全て、恐怖のダイモーンの僕《しもべ》なのです。人間を取り返しがつかないところまで堕落させて、その魂を捕食しようと企んでいる邪悪なダイモーンの手先なのです。その

ことに気づき、そして全力で悪しき力に抗わなければならないのです。

もし魂を失ってしまうならば、そんな家畜以下の生にどれほどの意義があるでしょう！

☆

人類の歴史において、いつの時代にか、地球上のどこかに、根本的に〈愛の原理〉によって成り立つ社会が、一度だけでも、一つだけでも築かれたことがあるのでしょうか？　人間が作ってきた社会は、およそ例外なく、〈愛の原理〉によっては成り立たず、それと真逆の〈恐怖の原理〉に基づいて形作られてきたのではないでしょうか。人が人を恐怖によって支配し、従わせるやり方で運営され、維持されてきたのではないでしょうか。

少なくとも、現存する国家の全てが、〈恐怖の原理〉の基盤の上に形成されています。世界中の大小の企業ですら、極めて稀な例外はあるかもしれませんが、概ねそのような構造を持っています。

〈恐怖の原理〉とは、〈欲望の原理〉とも、〈自我の原理〉とも言い換えることができるでしょう。要するにそれは、「人間とは所詮、欲望と恐怖の奴隷である」ということを肯定し、その考えに基づいて人間を支配し続けていくための法則なのです。人間の心から神を排除するために、神の敵対者たる悪魔の手引きによって発見された原理なのです。

〈恐怖の原理〉に基づいて運営される社会に、真の平和が訪れることはありません。そこでは、あり余るほどに持てる者が、失うことを恐れるがゆえに、飢えるほどに持たざる者からなおも奪い取ろうとします。だから、人々の心は常に戦々兢々《せんせんきょうきょう》としています。そしてそのような社会には実際に、国家間や民族間、あるいは持てる者と持たざる者との間の戦争が絶えません。

またそこは、手段、規模、動機、目的等が様々なテロリズムの温床であり続けます。何故ならばそこには、弱者の立場に立つことを意味する〈正義〉というものが、単なる空疎な観念以上のものとしては存在していないからです。

また当然、そのような社会の住人に真の幸せが訪れることはありません。たとえどれほどたくさん持っていても、失うことに対する恐れに支配されているならば、どうして心の底からの幸福を味わうことができるでしょう。そこに存在しているのは、騙し取る者と騙し取られる者、略奪する者と略奪される者、殺す者と殺される者だけなのです。無慈悲に踏み躙《にじ》る者と哀れに虐げられる者、威張って見下す者と、怨んだり、軽蔑したり、諂《へつら》ったりする者がいるのみなのです。そこにはそもそも、人間同士に相応しい関係など滅多に存在していないのです。

もしも〈愛の原理〉が一切働かない社会があったとしたら、そんなところに、魅力ある、見るべき人間が一人だっているでしょうか。そこにいるのは無慈悲で、卑小で、酷薄な人間ばかりではないでしょうか。臆病で、正義心なく、卑怯な人間ばかりではないでしょうか。他者の苦しみに鈍感で、野蛮で、愚劣な人間ばかりではないでしょうか。

〈恐怖の原理〉に完全に屈してしまったら、人間としてのその人の可能性はそこで終わります。もし全ての人がそうなってしまったら、人類の可能性がそこで断たれるのです。

しかし、私は信じています――最終的に、恐怖のダイモーンは打倒されると。〈恐怖の原理〉は全く効力を失うと。

けれども、〈恐怖の原理〉に基づいて運営されている社会を、銃や爆弾を使ったテロリズムによって終わらせることはできません。何故ならばそもそも、人間の身体をなるべく容易に破壊する目的で作られた武器自体、〈恐怖の原理〉による産物以外の何ものでもないからです。

恐怖のダイモーンの力を殺《そ》ぎ、〈恐怖の原理〉を失効させるためには、〈愛〉という武器を用いた戦いこそが意味を持ちます。

〈愛〉という弾丸を込めた銃を乱射し、〈愛〉を仕込んだ爆弾を炸裂させるという、全く斬新なテロリズムだけが有効なのです。早い話、人が人を愛すればよいのです。人が第一番に為すべきことは、人を愛することなのです。

というのは、人間の負のエネルギーを摂取することで活性化する恐怖のダイモーンが最も恐れるのは、まさに〈愛〉だからです。人が人を真に愛することだからです。それに、〈愛する〉ことからは、人間にとって真に破壊的であるようなものが生まれることはありません。そこから生まれるのは、人間にとって真に建設的なものだけです。

いくらかの知恵と勇気も必要でしょう。しかし、第一に必要なのは〈愛する〉ことです。一人でも多くの人が〈愛する〉人となることによって、いつかは、〈恐怖の原理〉によって雁字搦《がんじがら》めになっている社会を解体し、人間をそこから解放することができるのです。

現代科学に携わる人たちには、〈人類は今後、超人類へと進化を遂げる〉という考えが受け入れられることはないでしょう。ましてや現代では無神論が主流ですから、たとえそれがどんなに遠い将来の出来事についての予想であっても、やがてこの地上に〈神類〉や〈如来類〉が誕生するなどという思想は、荒唐無稽なナンセンスとして一瞥《いちべつ》だにくれてもらえないでしょう。

しかし、私は心密かに信じています。最初はほんの一握りの地上人たちだけが、内なる〈恐怖の原理〉を克服し、〈神〉ないし〈如来〉へと至る道を自覚的に、着実に歩み始めるでしょう。そのような人たちのことを、〈神の子〉あるいは〈菩薩〉といいます。そして、そうした存在の数が段々増えていって、ある程度以上に達したとき、人間が次から次へと〈神の子〉（〈菩薩〉）になり、〈神の子〉（〈菩薩〉）になった者の一部は〈神〉（〈如来〉）になっていくその流れは、もう逆行させることも押し止《とど》めることもできなくなっているでしょう。

そしていつの日か、ヒトの子孫が初めから、〈真我〉を具えた〈神の子〉（〈菩薩〉）として地上に生まれ出、そこで当たり前に〈神〉（〈如来〉）へと成長していくようになるでしょう。即ち、〈神類〉あるいは〈如来類〉の時代が到来するでしょう。

しかしその前に、夥《おびただ》しい数の人間の魂が、〈神〉（〈如来〉）にも〈神の子〉（〈菩薩〉）にもなれないまま、地上を去らざるをえないでしょう。ただ、〈人間〉であるまま世を去ったとしても、人は誰しも魂の尊厳さえ失わずに生き抜けば、人類の進化のために、即ち地上に〈神類〉（〈如来類〉）を誕生せしめるために、その人なりに何らかの形で貢献することができるのです。

そしてその貢献によっていつかは、地上の彼岸において、あるいは再生を果たした地上において、自分自身が〈神の子〉（〈菩薩〉）にも〈神〉（〈如来〉）にもなれるのです。

☆

この身体は遠からず、役割を終えて崩壊します。そしてDとしての私は地上を去って、異なる次元に存する世界へと向かいます。けれども、それから長い年月を経て、もしも私が再び〈卵細胞〉としてここに、更なる地上体験を積むために戻ってくる必要があったとしたら、そのときにはもう少し優秀な身体を得たいものだと、切に思います。

そして、やっぱり同じ時代に転生してきたあなたと、今度は何気兼ねなく、堂々と愛の告白ができるような立場で巡り合えたら最高です！

最後に、『福音書』に描かれているイエスの逮捕、裁判、そして処刑の様子について、私なりに語り添えて全部の終わりにしたいと思います。

イエスがキリストであることを、一応は信じたがゆえに弟子になった者たちも、彼の姿を間近に見、肉声を聴くことができた期間内に、「キリスト」とは本当はいかなる存在であり、その身体として在るイエスにとってはそのことがいかなる意味を持つのか、ということの理解に到達することは遂にできなかったものと思われます。

弟子たちは、イエスが十字架に付けられる直前まで、彼を王とする地上の王国を建設し、自分たちがその指導者になるという、現世的なメシア思想しか持っていませんでした。彼らには、あくまでも見捨てられた者の側に立ち、人々の罪業を一身に背負って、敢えて茨《いばら》の道を歩もうとするイエスの真意が容易に理解できませんでした。

キリストを擁して地上に在った期間、身体イエスが味わわねばならなかった最大の苦しみは、自分の精一杯の言行の真意が、最も信頼を寄せている者たちにすら理解されなかったことではないでしょうか。それはおそらく、信者たちや親兄弟を含む人々の面前で、磔《たっ》刑《けい》に処されて死ぬ苦しみよりも大きかったのではないでしょうか。

たった二年間ほどの宣教活動期間だったにもかかわらず、イエスが説いた教えは多くの人々の心を惹きつけ、都エルサレムでならあっという間に何千人もの聴衆が集まり、彼の言葉に熱心に耳を傾けました。宗教指導者たちはそれゆえに、イエスの影響力によって自分たちの立場が脅かされることを、次第に本気で恐れるようになっていったのでした。

実際、イエスを支持する民衆の中には、彼を地上の王に祭り上げようとする動きもありました。しかし、言うまでもなくイエスには、政治的権力を得ることなどに何の関心もありません。ですから、そうした不穏な動きを感じ取った場合、地上の権力との間の無用な摩擦を回避するため、彼は群衆から離れて山に逃げました。

宗教指導者たちは最高会議を開いて、イエスにどう対処すべきかを審議しました。イエスがキリストであることを信じて崇《あが》める民衆の数が、もしもこのままどんどん膨らんでいけば、自分たちの権威は失墜し、ユダヤの土地も人民も、ローマ人によって全て奪い取られてしまいかねない、という共通認識のもとに。

密かにイエスを捕らえて、卑怯なやり方で殺してしまおうとする動きもありました。公然と捕らえて刑を科そうとすれば、彼を熱狂的に支持する群衆が、一騒動起こすかもしれないことを恐れたからでした。

イエスはもしその気になれば、自分を支持する群衆に訴えて、権力に対する抵抗運動を起こすこともできたに違いありません。無論、弟子たちもそれを望んだはずです。

しかしイエスは、あくまでも絶対的な無抵抗を貫きました。そしてただ、キリストとその父なる神との存在を人々に知らしめ、その手足となって、その〈真理〉の種子を一人でも多くの魂に播くという己れの使命のために、命すら差し出したのでした。

最後の晩餐を済ませ、弟子たちに救済の約束をし、キリストを信じる人たちのための神への祈りを終えた後、イエスは捕らえられました。彼の一行がいる場所を知っていたユダの案内で、祭司長やパリサイ派の下役たちが、武装兵の一隊を伴って踏み込んできたのでした。

来るべき時が来たことを悟ったイエスはそのとき、潔く官憲の手に身を委ねようとしたのですが、弟子の一人が剣を抜き、大祭司の僕《しもべ》に切りかかってその片耳を切り落としてしまいます。激情に駆られているその弟子ペテロに、イエスは言いました。

「剣を鞘《さや》に収めなさい。父（なる神）が私に下さった杯は、飲むべきではないか」（ヨハネ書一八―一一）

結局、イエスはやはりこの場面でも抗わず、兵士の一隊と軍司令官、ユダヤ人の下役らによって捕縛され、大祭司の許へと連行されていきます。

大祭司カヤパはイエスに、弟子たちのことや、教えの内容について尋ねました。しかし、イエスはカヤパに対してまともな答えを与えようとはせず、言います。

「私はこの世に対して公然と語ってきた。全てのユダヤ人が集まる会堂や宮で、いつも教えていた。何故私に尋ねるのか。私が何を語ったかは、それを聞いた人々に尋ねるがよい」（一八―二〇～二一）

この返答のためにイエスは、下役の一人によって「大祭司に向かってそのような答え方をするのか」（一八―二二）と、平手打ちにされてしまいます。

それからイエスは、ローマ帝国のユダヤ総督官邸へと引かれていきました。もう、一夜が明けていました。

イエスを引き取った総督ピラトは、一旦館から出て、外のユダヤ人たちにイエスを訴える理由を問います。しかし答えが曖昧なものであったため、彼らに提案します。ユダヤ側でイエスを引き取って、自分たちの「律法」で裁いたらどうか、と。けれども彼らは、自分たちには人を死刑にする権限がないから引き取れない、と言って承知をしません。
　そこでピラトは官邸に戻り、イエスを呼び出して尋問します。
「あなたはユダヤ人の王であるのか」「あなたの同族や祭司長たちが、あなたを私に引き渡した。あなたはいったい何をしたのか」（一八―三三／一八―三五）
　イエスは、キリストとして答えます。
「私の国はこの世のものではない。もし私の国がこの世のものであれば、私に従っている者たちは、私をユダヤ人に渡さないように戦ったであろう。しかし事実、私の国はこの世のものではない」（一八―三六）
「それではあなたは王なのだな」（一八―三七）と確認を入れるピラトに、イエス＝キリストがまた答えます。
「あなたの言う通り、私は王である。私は真理について証しをするために生まれ、またそのためにこの世に来たのである。真理に即《つ》く者は誰でも、私の声に耳を傾ける」（同）
「真理とは何か」とピラトはイエスに問うのですが、その答えを得ないまま、再び外に出ていき、ユダヤ人たちに言います。

「私にはこの人に何の罪も見出せない。過越祭の際には、私があなたがたのために、一人の者を許してやるのが慣例になっているが、あなたがたはこのユダヤ人の王を許してほしいか」（一八―三八～三九）

するとユダヤ人たちは叫び立てて、「その人ではなく、バラバを！」と、イエスではなくて強盗犯を赦免するよう、ピラトに訴えたのでした。

ピラトは遂に心を決め、イエスを縄にかけ、鞭で打たせます。兵士たちは、茨で編んだ冠をイエスの頭に載せ、紫色の上着を着せました。そして彼の前に進み出て、「ユダヤ人の王万歳！」と嘲弄《ちょうろう》の言葉を浴びせ、更に平手打ちで彼を打ち続けました。

それでもピラトはまた外に出、そこにイエスを連れてこさせて、ユダヤ人たちに告げます。

「私はこの人をあなたがたの前に引き出すが、それはこの人に何の罪も見出せないことを、あなたがたに知ってもらうためである」（一九―四）

しかし、祭司長たちや下役らはイエスを目にして、

「十字架に付けよ！　十字架に付けよ！」

と叫び立てるばかりでした。

ピラトは言います。
「あなたがたがこの人を引き取って、十字架に付けるがよい。私には、彼に何の罪も見出せない」（一九―六）
するとユダヤ人たちは、ローマ帝国の属領であるユダヤでは、帝国の法によらなければ死刑の執行ができないことを踏まえて、訴えます。
「私たちには律法があります。その律法によれば、彼は自分を神の子としたのだから、死罪に当たる者です」（一九―七）
ピラトはこれを聞いてもう一度官邸に入り、イエスに問います。
「あなたは元々、どこから来たのか」（一九―九）
しかし、何も答えようとしないイエスに、ピラトは言葉を重ねます。
「何も答えないのか。私には、あなたを許す権限があり、また十字架に付ける権限があることを知らないのか」（一九―一〇）
するとイエスは答えて言ったのでした。
「あなたは、上から賜るのでなければ、私に対して何の権限もない。だから、私をあなたに引き渡した者の罪は、もっと大きい」（一九―一一）

これを聞いてピラトは、何とかしてイエスを許す手立てがないものかと考えます。しかし、ユダヤ人たちはピラトを急き立てて言います。
「もしこの人を許したなら、あなたはカエサルの味方ではありません。自分を王とするものは全て、カエサルに背く者です」（一九―一二）
ピラトは已《や》むなくイエスを再び外に引き出し、裁判の席に着きます。そしてユダヤ人たちに言いました。
「見よ、これがあなたがたの王だ」（一九―一四）
するとユダヤ人たちは口々に叫びました。
「殺せ！　殺せ！　十字架に付けよ！」（同）
「あなたがたの王を、私が十字架に付けるのか」（一九―一五）
とピラトが問うと、祭司長らは答えました。
「私たちには、カエサル以外に王はありません」（同）
そこでピラトは、十字架に付けさせるために、イエスを彼らに引き渡したのでした。
イエスは、自ら十字架を背負って、「されこうべ」と呼ばれる場所まで歩いていかされました。そしてそこで十字架に付けられました。彼を真ん中にしてその左右で、他に二人の犯罪者が同時に同一刑に処されました。

ピラトは、「ユダヤ人の王、ナザレのイエス」という罪状書きを書いて、十字架の上に掛けさせました。これを見た祭司長らが、ピラトにクレームをつけます。

「『ユダヤ人の王』と書かずに、『この人はユダヤ人の王と自称した』と書いてほしい」（一九―二一）

しかしピラトは答えました。

「私が書いたことは、書いたままにしておけ」（一九―二二）

ところで、一つのエピソードとしてヨハネが記すところによれば、イエスを十字架に付けた兵士たちはその後、イエスの外衣を取って四つに分け、各人その一つずつをもらいます。そして内衣も取って分けようとしましたが、それには縫い目がなかったため、それを誰が貰うか籤《くじ》を引いて決めたといいます。

☆

イエスが、三十代初めの若さでの死を以て償わされた「罪」とは、詰まるところ、自分は「神の子」である、「キリスト」であると「詐《いつわ》って称した」ことです。しかし、彼を裁いて死に追い遣った者たちに、彼が本当に「神の子」ではないと、「キリスト」ではないと、どうして断定できたのでしょう?

イエスは、超地上的な何らかの存在によって彼が得た内なる実在を、「神の子キリスト」と認識し、その認識に従って、己れを偽ることなく、全面的に真摯に生き抜こうとしたまででした。彼は人を愛しこそすれ、誰一人傷つけも殺しもしませんでした。人に施しこそすれ、何一つ盗み取りも略奪しもしませんでした。彼はただ、「父なる神」の求めによって果たすべき事業を、脇目も振らずに果たそうとしただけでした。

それは第一義的には、己れの内に「キリスト」が存在することを、人々に告げ知らせることでした。そしてひいては、神というものが間違いなく実在することを、自身の体験を以て人々に証明することでした。

確かにイエスの言動は、もし「キリスト」についての彼の認識が間違っていたとすれば、ユダヤ教の「律法」に照らし合わせて死罪に相当するものだったのでしょう。しかし、イエスの認識が正しかったとすれば、彼を十字架刑に追い遣った者たちが負うべき責任の重大さは、たとえ全員の死を以てしても償いえないほどのものだったのではないでしょうか。何故ならば彼らは、民族の唯一神による「神の子」に重罪の濡れ衣を着せて、地上から葬り去ってしまったのですから。

キリストを宿したイエスにとって、多くの人々が追い求める世俗的な価値には何の魅力もありませんでした。「ユダヤの王」となって地上の権力を手に入れることなどには、一切興味がありませんでした。ただ、キリストの乗り物としての身体を維持していくために、食べる物や、寝泊まりする所、教えを説くのに適した場所、そして虚心に耳を傾けてくれる聴衆を必要とするのみでした。

そんなイエスを心から信頼し、慕う人々の数が増えていくのに対応して、イエスがキリストであることなど絶対認めるわけにいかないけれども、宣教する彼の並外れた知恵と真剣さ、そして完璧な無欲さなどを見聞きするうちに、「もしかしたら……」と内心恐れる者たちの数も、ユダヤ社会の中にどんどん増えていったのではないでしょうか。そして特に、特権階級に属する宗教的権威たちは、イエスの活躍によって自分たちの正体がユダヤ社会全体に暴露され、享受している特権が打ち砕かれてしまうことを、本気で恐れるようになっていきました。

したがって、彼らは単にイエスに対する恐怖に衝き動かされて右往左往していただけで、彼が何を行い何を言おうとも、それを正面から受け止め、彼が正しくは何者であるのか、何を主張しているのか、まともに検証してみる気など、そもそもありはしなかったのです。彼らが行ったことは最初から最後まで、あらゆるイエスの言行に対して揚げ足を取ることであり、意図的に曲解ないし誤解することであり、いちゃもんをつけることだけでした。

ましてイエスの言行はことごとく並外れており、ある意味エキセントリックな側面も多々ありました。ですから、悪意ある敵対者がそこに付け込もうと企むならば、攻撃の材料には事欠かなかったでしょう。


イエスが立ち向かわなければならなかった地上の敵は、ユダヤ教の指導者たちばかりではありませんでした。自分に対して何らかの世俗的な力を持つ者には無条件に追従して、そうした権威者や権力者たちのどんな誤った考えや行いをも許容してしまう、凡庸極まりない者たちもまたイエスの敵でした。

物事の判断を、自分自身の自由な心に立脚して行いえない者に、およそ人間として何ほどの価値があるでしょうか。その人の心がもし、その良心の存否が問われる根本的な次元でしっかり自立できていなければ、きっとその人は置かれた状況次第で、どんな不道徳な行いでも、どんな低劣な振る舞いでも、結局行ってしまうでしょう。そして、己れの弱さという、彼にとって最も根本的で重大な問題に対して何の取り組みもせず、逃避してばかりいる結果、捩じくれた負の感情を心の深層にどんどん蓄積させていくはずです。

この世の力を握る者たちはたいてい、弱虫たちが生み出す、そんな負の感情が持つ破壊的なエネルギーすら上手に操って、自分の持っているものを守り、また更に多くを得るための手段として利用する術に長けています。

彼らは巧妙に、弱虫たちが深く抱える屈折した感情を、復讐心という一色の感情に整えます。当然憎むべき、そしてどのようにでも厳しく罰すべき「全員の敵」を、いかなる非人道的な手段を用いてでも拵え上げることによって。そしてその「全員の敵」の一身へと、解放された破壊的エネルギーの向かう先を誘導するのです。イエスは、一身としては歴史上最大規模の、その「全員の敵」でした。

もしも群衆の中の弱虫たちが、せめて良心の最後の一かけらだけは守って、己れの心の眼に罪なき人を十字架に付けることに積極的に賛成する、ということをしなかったとしたら、イエスの死刑判決は成立しなかったかもしれません。それなのに、いくらちっぽけなものとはいえ、彼らがその心を売って得たささやかな代償とは、弱虫であるがゆえに抱え込んでしまった負の感情を、束の間だけ発散することができたということに尽きるのです。彼らの傷んだ心は、そんなつまらない褒美によっては少しも癒えず、むしろますます深く傷ついたに違いありません。麻薬におぼれていく者のように……。

キリストと共に在ったイエスは、そのキリストをこそ何ものにも勝る宝物とし、健康な身体という唯一の例外を除き、その他にはこの世のどんな宝物も持とうとはしませんでした。そして最後にはそのたった一つの例外である宝物さえも、もとよりキリストに捧げた身であったとはいえ、弱冠三十一、二歳にして砕かれることを、彼は恐れはしませんでした。

キリストと共に在ったイエスは一度たりとも、いささかなりとも、恐怖のダイモーンのために怯《ひる》んだことなど、ありはしませんでした。

あとがき

小説として提示するこの書を書くにあたって私は、特にフィクションを構えて面白くしようとしたりせず（「作り事」を書かず）、自分の主観として存在している世界（「現実」）を言葉によっていかに正しく客観化するか、という一点に全ての力を注いだ。この身とこの身を取り巻く環境とに実際に起こった出来事が、自分にとってどのような意味を持ち、それを自分がどのように受け入れ、そこからどのような世界観なり思想なりが形成されていったかを、脚色を交えず、自分の力の及ぶ限りで、ありのままに表現した。また、形成されたその世界観ないし思想そのものの要点を、読者へのストレートなメッセージとして言い表してもみた。

私にとってこの書は、「作った」というよりか、何とかして己れの生命力を、眠れる創造の意志を呼び覚ましつつ取り組んでいくうちに、いつの間にか自ずと「出来た」という感じが強い。

実は私は、この書を書き始めることはおろか一切の構想に先立ち、折に触れて一人の人物に対し口頭によって、自分が生きている心の世界を、また環境として現実に存在している世界に対する思いを、一回一回の機会に許される極めて限られた時間の中で、アクロバティックなまでに凝縮しつつ物語る、という体験を持っていた。

その人は、規模においておそらく九州有数のスポーツジムのインストラクターとして働く若い女性である。私は、自分がスイミング専門のコースに通うそのジムのプールの中から、私の泳ぐ時間帯にたまたま監視員としてプールサイドに立つときの彼女に向かって、熱く自分のことを「物語」った。そうすることは自分自身の救済のため、幸福追求のためであると同時に、若い彼女の大いなる成長のためでもあると、信ずることができたからである。彼女はいつでも、私の話に小さからぬ関心を抱き、目を輝かせながら聞いてくれた。少なくとも私には、彼女の反応がそのように受け止められた。それが原点だった。

けれども、本書に盛ったほどの内容を、一週間のうちに何分間与えられるか分からない時間を繋いで口伝えていくことには、所詮無理があった。そこで、文字によって書き表し、書き上がったブロックごとにプリントアウトして送り届け、読んでもらうことにした。つまり、その女性に本書の最初の読者になってもらったのである。そしてそのときから私の中に、一人の特定の人物に対すると同時に、顔を知らない不特定多数の読者に対して物語り、メッセージを送ろうとする意識が芽生えていったのだった。即ち、私の頭の中に自ずからなる「構想」が思い描かれ、私は単なる日記や手紙ではなく、文学のジャンルで言えば随筆でも評論でもない、「小説」を書き始めていたのだった。

神仏と出会い、その関与を受ける、といった体験がどれくらい珍しいものであるのかということについては、私には何とも言えない。数ある宗教の創始者や、既存の宗教を決定的に改革したような人たちは、道を志すにあたっておよそ例外なく、そうした「原体験」を経ているのではないだろうか。

けれども、それは一角《ひとかど》の宗教者にのみ特有の体験であると、どうして言えるだろう。もしかすると人類の歴史において、実はたくさんの無名の人たちが人知れずそのような体験をし、その体験に基づいて、直接的には神仏を知らない大多数の人々を、進むべき、より人間らしい在り方へと導く役割を果たしてきたのではないだろうか。

しかし、いずれにしてもそのような体験が、宗教に関わる人物によるあくまでも宗教的著作としてではなく、一個の文学作品として、しかも体験者自身の手によって、一語一語を創造していくようにして書かれている例は、あまり数多くはないのではなかろうか。わが国の文学作品に限って言うならば、極めて稀なのではないだろうか。——そう思って、私は文学の一つの可能性に挑戦してみたつもりでもあるのである。

また、文学作品の中でも小説として提示したこの書において、敢えて私が綴った「読者へのストレートなメッセージ」とは、一言で言えばつまり、読者に贈り届けたいと願う「福音」である。

どんな「福音」かというと、第一には、神仏というものは間違いなく実在していて、人は真剣に求めるならばそれに出会うことができるし、自分の中にその子を宿すこと（自分の魂を神の子にすること）さえできる、ということである。そして第二に、〈恐怖の原理〉——それは生命にとって本質的に破壊的なエネルギーの生産原理である——の絶対的拘束下に成り立っている今の人間の世は最終的に終焉し、〈愛の原理〉——それは生命を育むエネルギーの生産原理である——に貫かれて成り立つ世がいずれ到来する、ということである。

あとがきを書いている今の時点から約一年前のこと、ＦＡＸを使って文芸社に出版に関する問い合わせをしてみた。原稿を書くこと以外に、自分の本を世に出すためにはどんなことをすればいいのか、何も知らなかった。

問い合わせした時点で、私が書き上げていたのは第六分節までであり、その後をどう書き進めていくかについては、まだはっきりした構想が得られていなかった。それでも、二、三か月あれば全部を書き上げられるだろうと高を括っていたのだが、甘かった。生活上の大問題の発生に妨げられたりして、私が最後の一行を書き上げたのは今年の一月下旬のことだった。

半年を超えるその期間ずっと、出版企画部の川邉朋代さんには温かく見守っていただき、度々励ましの言葉もかけていただいた。また編集部の吉澤茂さんには、投じた原稿の荒削りな部分を、世に出して恥をかかずに済むものに整えていく過程で、懇切かつ適切なご指導を賜った。お二人に、心よりお礼を申し上げます。有難うございました。

二〇一七年六月

タッド・ヒラタ

◆出典（神話のストーリー要素に関連して）

呉　茂一著『ギリシア神話』新潮社
ヴェロニカ・イオンズ著、酒井傳六訳『エジプト神話』第三章「神々」青土社
高平鳴海&女神探究会著『女神』第七章「エジプトの女神」新紀元社

◆参考文献

●ユダヤの歴史、歴史上のイエスの時代背景に関連して
『ブリタニカ国際大百科事典』「キリスト」の項目　(株)ティビーエス・ブリタニカ
『別冊歴史読本　聖書の謎百科』「図説聖書歴史略年表」(高橋正男)／「新約聖書一〇の謎」(加山久夫)　新人物往来社
●ディオニュソス及びザグレウスの神話の解釈に関連して
アンリ・ジャンメール著、小林真紀子訳『ディオニューソス―バッコス崇拝の歴史』言叢社

●オシリスとイシスの神話の解釈に関連して
J・B・フレイザー著、永橋卓介訳『金枝篇』第三八章〜第四二章　岩波文庫
●イエス（その他の登場人物）の言葉の引用に使った聖書
日本聖書協会発行『聖書』一九五五年改訳版
『新世界訳聖書』英文一九七一年版からの翻訳

著者プロフィール

タッド・ヒラタ

1948年、佐賀県生まれ。早稲田大学法学部卒業。大学卒業後は故郷佐賀県に帰り、11年間の団体職員の職を経た後、記帳代行業を開業、現在も同地で同業を営んでいる。ドストエフスキーやフランツ・カフカを読み耽っていた学生時代、同人誌に短編小説を2作ほど書いたことはあったが、それ以来「作品」と呼べるほどまとまったものを書き上げたことがなかった。したがって勿論、自著を出版するのは今回が初体験である。

D／Hによる福音の書　愛のダイモーンの児《こ》を宿した男の体験記

2017年10月15日　初版第1刷発行

著　者　タッド・ヒラタ
発行者　瓜谷 綱延
発行所　株式会社文芸社
〒160-0022　東京都新宿区新宿1－10－1
電話　03-5369-3060（代表）
03-5369-2299（販売）

印刷所　株式会社フクイン

ISBN978-4-286-18607-8